運命淫戯

～ピンクのオメガと獣人王～

西野 花

花丸文庫BLACK

運命淫戯 ～ピンクのオメガと獣人王～ もくじ

イラスト／駒城ミチヲ

「――キシャアアア!!」

獰猛なうなり声があたりに響く。巨大な蛇の鎌首が持ち上がり、大きく開いた口から鋭い牙が見えた。怒りに爛々と目をぎらつかせた大蛇は、獲物に向かってその頭を叩きつけるように突っ込んでいった。

「――とっ」

がちり、と凶悪な牙が合わさった場所から、痩身の影が素早く飛び退く。同時に左右の腰のホルスターから銃が引き抜かれ、ふたつの銃口が火を噴いた。

「ガアアア！」

ゆうに体長十メートルを超える大蛇が、その目に銃弾を受けてもんどり打つ。だが攻撃を受けてますます怒りを増幅させ、自分を傷つけた者を絶対に食い殺さんとしてなおも襲いかかろうとしていた。

「――チッ、さすがにしぶといな」

痩身の影はさっと頭を跳ね上げて身体を反らし、大蛇の尾をよける。その動きにともない、後ろで無造作にくくったストロベリーブロンドの髪が乱れ散った。大蛇は今や我を忘れ、動くものがあれば攻撃してくる。

痩身の影――ユアンは、腰に帯びた装備からワイヤーを引き出すと、それを大蛇の頭の向こうにある樹(き)へ投擲(とうてき)した。鍵針状の先端が幹に刺さり、返しが展開する。ユアンの身体がひらりと宙に舞い、大蛇の頭を飛び越えた。その肢体が猫のように半回転する。

ユアンの手がワイヤーから離れ、両手が腰の銃を引き抜いた。宙返りで頭を下にしたままで、何発もの銃弾を大蛇の頭に撃ち込む。

「――」

大蛇は声も上げず、頭を大きく後ろに反らせると、そのままどう、と地面に倒れていった。

軽やかな音と共に着地したユアンは、動かなくなった大蛇に近づいてゆく。

その頭を覗(のぞ)き込(こ)んだ瞬間、死んだと思っていた大蛇が突然鎌首を持ち上げ、血に染まった口を開けてユアンを呑(の)み込(こ)もうとした。

その赤黒い口の中に向けて、ユアンは無表情に残りの銃弾を放つ。

再び倒れ伏した大蛇は、今度こそぴくりとも動かなくなった。

――討伐終了。

このあたりを荒らし回り、動物や家畜を襲っていた蛇の怪物は始末した。

ユアンは腰の後ろに装備していたナイフを引き抜くと、大蛇の鱗(うろこ)を何枚か剝(は)ぎ取(と)る。鱗は依頼終了の証拠にもなるし、防具の素材にもなるため、いい値段で売れるのだ。

今度の仕事も終わった。そう思ってユアンがふう、と気を抜いて息を漏らした時だった。

身体の奥で、熱い疼きがずん、と存在を主張するように脈打つ。

「…っ」

思わず熱いため息が出て、その衝動を堪えた。

――そろそろ始まるか。急がないと。

忌々しい発情期も、オメガとして生まれてしまったのだから仕方がない。

蛇の鱗を担いだユアンは、街に戻るべく急ぎ足で山を下りていった。


ヴァルナヴァスという国の首都、コルダは、山と川と海に囲まれた自然豊かな都市だった。港を有し、さらに川の水路と街道から物資も集まり、街は賑わっている。

街の目抜き通りの中ほどに、国営のギルドがあった。人々から寄せられる様々な依頼を取り纏めて、ハンターに斡旋する施設だ。

その依頼はおつかいレベルの簡単なものから、今回のユアンのように危険なモンスターを退治して欲しいというものまで多岐に渡る。そんな様々な依頼を引き受けてくれるのがハンターと呼ばれる存在だ。彼らは自分の技量に応じて依頼を選び、達成すると内容に応じて報酬を受け取る。依頼主は内容をギルドに伝え、ギルドがハンターに仕事を斡旋する。ハンターが依頼を受けて仕事を終えればギルドがいったん報酬を支払い、ギルドはその後に依頼主に報酬を請求するというシステムになっている。この街には、ユアンの他にも多くのハンターがいるが、上からS、A、B、Cというランクに分けられている。ユアンはその中でも数少ない、S級のハンターだった。

「ようユアン、仕事は終わったのか」

「ああ」

ギルドの扉を開け、まっすぐにカウンターに向かったユアンは、赤茶けた髪をした無精髭(ひげ)の男に、持っていた革袋を差し出した。男は吸っていた煙草(たばこ)をくわえたままで、その袋を開ける。中には山で倒した大蛇の鱗が入っていた。男がひゅう、と煙草をくわえたまま器用に口笛を吹く。

「やるじゃねえか。ギガークを受注してからたった三日で倒すなんざ、さすがはS級のハンターだぜ。紹介した俺も鼻が高い」

「当たり前だ。…おだててないで早く処理してくれ。少し急いでいる」

「うん?」

男は片眉を上げると、すん、と鼻を鳴らした。ユアンの身体から発するほのかな甘い匂いに気づいたのか、にやにやとした笑いを浮かべると、察したように書類を取り出す。

「悪かったよ。始まってんのか。じゃ、ここにサインな」

「ベータのくせに、フェロモンの匂いだけ嗅ぎつけるのって、まじで腹立つ……」

ぶつぶつと文句を言いながら、報酬金受け取りのサインをする。男は笑いながら、奥から分厚い封筒を取り出してきた。

「そう言うな。ギルドの斡旋係ともなれば、優れた嗅覚が必要なのさ。ほい、今回のギャラだ」

ユアンは封筒を受け取り、中の紙幣を確認して装備の物入れの中にしまった。

「確かに受け取った。また来る」

「ああ、待ってるぜ。強いハンターは引っ張りだこだ」

お世辞ではない響きの声に、ユアンは片手を上げて応えるとギルドを後にする。報酬を受け取るという大事な用事を済ませると安心したのか、身体の中でまた熱の塊が蠢く。

（ああ――――、やばい。早くなんとかしないと……）

どんなにハンターとしての腕が立っても、S級の称号をもらっても、襲いくる本能には逆らえない。ただ漏れているオメガの発情期のフェロモンを、アルファに嗅ぎつけられたら事だ。今の状態でも襲われたら撃退することはできるだろうが、面倒は避けたい。

この世界における性別は男と女のほかに、アルファ・ベータ・オメガという三つの種類がある。最も多数を占めるのがベータで、アルファはそれより数が少なく、力や頭脳に優れている。容姿も秀でているものが多く、要職における割合はアルファが大部分だ。

そしてアルファよりさらに数が少ないのがオメガだ。美しい姿と発情期を持ち、その時に放つフェロモンはアルファを惑わせる。そして、男でも孕むことができるのがこの種だった。

ユアンの足は、街の裏通りにある馴染みの娼館に向かっていた。

「いらっしゃい。そろそろ来る頃だと思っていたわ」

筋骨逞しい男が女口調でユアンを迎える。

「また頼めるかな？　マダム」

ユアンの口調は、どこか遠慮がちだった。先ほど受け取ったばかりの報酬の中から、紙幣を数枚出して渡す。

「もちろんよ。お代さえいただければ、大事なお客様ですもの。いつもの子がお相手できるけど、それでいい？」

「構わない」

色とりどりの硝子のランプが飾られたあやしげな館は、逞しい男達ばかりがいる娼館だった。ここコルダの街には、様々な人種がいる。その要望に合わせて、「色」の仕事も様々な形があった。

ユアンは二階に通され、告げられた番号の部屋に入る。薄暗い照明の中で、卑猥な絵が壁を飾っている。窓際の艶やかな花は造花で、うっすらと埃が積もっていた。悪趣味としか言いようがない部屋は相変わらずで、ユアンは思わず苦笑する。どのみち、今のユアンには内装を気にしている余裕などなかった。音を立てて装備を外し、派手なカバーがかかったソファの上に置く。

「お待たせしました」

ほどなくして男が入ってきた。それも三人。皆鍛えた筋肉の乗った体つきをしていて、S級ハンターのユアンよりもよほど逞しい。

「お待ちしてましたよ。美しいご主人様」

彼らが身につけていた薄物を脱ぎ捨てると、その下は黒い下着一枚だった。布の上からでも立派だと見て取れる一物が盛り上がっている。ユアンはそれを目にするだけで呼吸が速くなりそうだった。

「今回はまたずいぶんと余裕がなさそうだ」

「依頼が立て込んでいたものでね」

ユアンは男達の前で衣服を脱いでいく。薄く筋肉のついた、均整のとれた身体が露わになった。その肌には、オメガの発情期特有のフェロモンでしっとりと艶が乗っている。

番を持たないオメガのユアンには、三ヶ月に一度、発情期が訪れていた。アルファとオメガは番になる。オメガの首筋をアルファが嚙むことでその関係が成立する。番になれば発情は落ち着くが、今はまだそれを持たない。だからこうして発情期が訪れる度に、男を買って身体を鎮めるしかないのだ。ここにいる男達はすべてベータではあったが、三人もいれば一時しのぎにはなる。

「相変わらずの綺麗な身体ですね。こんな身体にご奉仕できるなんて、嬉しいですよ」

「お客様なんだから、あなたは王様。そんな申し訳なさそうな顔をしなくていいんですよ」

「たっぷり楽しませて差し上げましょう」

そうは言っても、やはり金でセックスを買うことには抵抗がある。なぜならユアンもまた、身体を売っていた過去があるからだった。

しかし、後腐れのない男を捜すというのはひどく難しい。結局は、こういった店で屈強な男に抱いてもらうのが一番面倒がなかった。それでも、罪悪感がなくなるわけではないが。

「さあ、お尻を上げてください。可愛い人」

言う通りにすると、男の一人が後ろからユアンの双丘を開き、その中心に顔を埋めてきた。ぬるり、とした感触に後孔を舐め上げられ、思わず反らせた喉から高い声が漏れる。

「ひぁんっ！」

発情し、とっくに受け入れる準備のできているそこを舐められて、身体の中まで響くような快感が生まれた。オメガであるユアンの肉洞は潤み、愛液すら滲み出ているというのに、男は執拗にそこを舐め上げていく。ずくん、ずくん、という疼きに呑まれそうになって、シーツについた肘ががくりと折れた。

「こんなに欲しがって。可愛いですよ」

「…っふ、は、あぁ…っ」

ぴちゃりぴちゃりと、後ろで舌が蠢く。肉環を舐め上げられる度に、内部がきゅうきゅうと収縮して苦しいほどだった。

「あ、ア、はや、く…っ」

「焦らないで。一度イってしまいましょう」

膝立ちになっているユアンの腰の下に別の男が入り込む。そうして脚の間できつそうにそそり立っているものが、口の中にくわえ込まれてしまった。

「ああ、ああ――…っ」

びく、びくっ、と仰け反った肢体がぶるぶるとわななく。前と後ろを同時に口淫されて、脳髄が痺れるような快感が体内を貫いていった。刺激に耐えきれず無意識に腰を引いて逃れようとするが、男達の手にがっちりと細腰を掴まれてそれも叶わない。

「うあ、あ、あっ！　い、イく、いく――…っ」

悲鳴のような声を上げて、ユアンは絶頂に達した、男の口の中に白蜜を吐き出すと、ごくん、と飲み込まれる。振り乱した桃色の髪がほどけて、顔に肩に乱れかかる。

「ふふ、気持ちよかったですか?」

力の抜けてしまった身体をシーツの上に仰向けに横たえられ、両脚を大きく開かされた。舐め蕩かされ、ひくひくと蠢く後ろの入り口に、逞しい男のものがあてがわれる。それは皮膚の下に石が埋め込まれ、淫靡さと醜悪さを誇っていた。

「さあ、これで可愛がってあげますよ」

――――挿れられる。

待ち望んでいたものが与えられる期待に、ユアンの喉がひくりと動く。次の瞬間、男のものがずぶずぶと音を立てて肉洞をこじ開けてきた。

「ふあ、あ――――…っ」

内奥まで貫かれる快感に、ユアンは嬌声を上げて快楽を訴える。男根に埋め込まれた石に微妙な場所を抉られ、吐精したばかりだというのにまた達してしまった。

「はあっ、ああっ! い、いい…っ」

突き上げられ、啜り泣くユアンの全身を、男達の舌と指が這い回る。次第にはしたなく喘ぎはじめたユアンの上気した頬を、男の掌がそっと撫でていった。

「かわいそうに。オメガの発情期とは、こんなにも苛烈なものなのですね」

「おまけにどこもかしこも開発されて、これでは男なしではいられないでしょう」

「私達の手管を尽くして、悦(よろこ)ばせて差し上げますよ」

男達はかわるがわるユアンを貫き、届く限りの奥を突き上げた。そして感じる場所を執拗に愛撫(あいぶ)し、ユアンは何度もイかされる。

「んぁ…あ…っ、あぁぁあ、もっとぉ…っ」

ユアンは腰を振り立て、啜り泣きを漏らしながら、本能のままに快楽を貪った。


「こんなにいただけるのですか?」

「ああ。とっておいてくれよ」

湯を使い、身なりを整えると、ユアンは男達にチップを渡す。彼らは滅多(めった)にお目にかかれないような硬貨の色に目を見開いていた。

さっきまであんなにユアンを苦しめていた熱は、今は嘘(うそ)のように治まっている。彼らがユアンを、文字通り絞り尽くしてくれたおかげだった。

「また来ると思う。その時はよろしく頼む」

「いつでもお待ちしていますよ」

にこやかに送り出してくれた男達とは裏腹に、ユアンの整った顔は浮かない色を浮かべていた。

ここに来る前の、身体の差し迫った状況は解消されている。腰のあたりが少し怠いが、あの、発情期特有の、身体中が性器へと変わってゆくような、頭の芯が蕩けていくような感覚はなくなっていた。それは喜ばしいことなのに、心はちっともすっきりしない。

夜の盛り場は陽気な声が飛び交い、酔っ払った恋人達が道ばたでキスを交わしていた。それを横目に見ながら、ユアンは首筋をさする。

(俺も番を作るべきかな)

そうすれば、この忌々しい発情期からも解放されるだろうか。アルファに首を噛んでもらえば、少なくともフェロモンは抑えられる。だがオメガにとって、番う相手を見つけるというのは、そう簡単なことではない。番の関係は、アルファの側のみが一方的に解消することができる。捨てられたオメガはそれ以降、抑制剤も効かず、一生発情期に苦しめられることになり、それで命を絶ってしまうオメガもいるらしいと聞く。

(絶対にごめんだ、そんなのは)

そんなことになったら、ハンターになった意味がない。

ユアンはハンター試験を受けて男娼から自由の身になったと思っていた。けれど、そうではなかったのだ。ユアンがオメガである限り、本能から逃れることはできない。

物思いに沈んでいたユアンは、その時、自身を守る注意力が散漫になっていた。それ故に、横の路地から伸びてきた腕に気づくのが一瞬遅れる。

「！」

身構えた時はもう遅かった。

ユアンは腕を摑まれ、路地裏へと引きずり込まれた。咄嗟に腰の銃に伸ばそうとした手を封じられ、手首を強く握られて背後の壁へと押しつけられる。

「な、あ――――、ンっ！」

唇が熱い感触に包まれた。その瞬間、ユアンはこの身に無礼を働いているのが誰なのか、わかってしまう。

「ん、ん――――」

肉厚の舌が口内を犯し、敏感な粘膜をねっとりと舐め上げてきた。奥で縮こまる舌が強引に捕らえられ、痛いほどに吸われてしまう。息も止まるほどの口づけはユアンの身体に火をつけ、せっかく治まったはずの情欲がまたかき立てられた。

「ア、やっ…！」

押さえつけてくる身体は逞しい。けれどユアンはどうにかしてそこから逃れようともがき、足で懸命に不埒な存在を蹴りつけた。

「――――…痛いぞ。暴れるな」

「うるさい。――いきなり何をする！」

どうにか両手を突っ張り、目の前の厚い胸板を押し退ける。薄暗い路地に月の光が差し込んで、男の姿を照らした。

「バルド！　――悪ふざけもたいがいにしろ」

ユアンは男をきっ、と睨みつける。

そこには逞しい美丈夫がいた。背はユアンの頭ひとつ分も高く、やや癖のある黒い髪が背に垂れている。その頭の横で、獣の耳のように黒髪が跳ねていた。金に近い琥珀色の瞳がきらりと光ってユアンを捕らえている。彼はくん、と鼻を鳴らすと、不機嫌そうに唸ってユアンの首筋に顔を埋めた。

「匂いがする。お前、また男を買ったな」

「…仕方ないだろう。発情期なんだから」

「その時は俺が相手をすると、何度言ったらわかる」

「俺がお前に用があるとしたら、その馬鹿でかいブツじゃなくて、首のほうだよ」

そう言うと、バルドは口の端を歪めるように笑い、肩を竦めた。

獣人王バルド。その首には、高額の賞金がかけられている。西の山にある獣人の国を邪魔に思った富豪が、バルドを賞金首にした。彼はユアンの獲物であり、そして、初めての男でもあった。

「こんなところにのこのこと出向いて、首を斬られても知らないぞ」

「なんだ、心配してくれるのか？」

「まさか。お前を殺すのは俺だからだ」

物騒な言葉を投げつけられて、バルドが目を細めて笑う。その表情には、どきりとするほどに雄の色気が漂っていた。

「嬉しいが、そこいらのハンターに遅れはとらないさ」

「……俺にも？」

確かに、バルドに挑んで勝てる者はそうはいないだろう。獣人の素手での戦闘力は人間を上回る。その差を縮めるのは武器だが、どんな得物を使ったとしても、彼に勝つのは難しい。ユアン自身、何度か彼と戦ったことがあるが、まずスタミナが桁違いなのだ。そしてその膂力と、獣人ゆえの打たれ強さと、スピード。ユアンも速さには自信があるが、本来獣であるバルドには敵わない。そして人型の時の彼は鞭を使う。人間が獣を従わせるためのそれを、彼が使うのはなんとも皮肉だった。

「お前は俺の嫁にすると決めている」

「勝手に決めるな」

「つれないな。そんなうまそうな匂いをさせているのに」

「……っ」

バルドの手が服の上から這うだけで、身体の底から新たな劣情が湧き上がってくる。さっき三人も男を買って、やっと鎮めたというのに。

「くそっ…、これじゃ台無しだ…っ」

「だから、ヒートになったら俺を呼べと言っているんだ。ベータにお前の相手は無理だ」

バルドはオメガと同様に、その存在が少ないと言われているアルファだ。確かにこの男ならば、尽きない体力と精力でユアンを満足させてくれるだろう。

「あっ…、馬鹿、やめろっ」

バルドの手がユアンの下肢の衣服の中に入り込み、掌が下着の上から脚の間を握り込んでくる。股間を熱い感触に包まれ、やわやわと揉まれて、おさまりかけていた熱がまた込み上げてきた。

「っ、あ、あっ…んっ」

「そら、勃ってきたぞ…。ほんとに他の男で満足できたのか」

「い、や…だっ、離せっ…」

抗う声も弱々しい。ユアンとて、腕に覚えのあるS級のハンターなのに、この男にほんの少し触れられるだけで身体中の力が抜けていった。

「可愛いな…、食っちまいたい」

「あん、うっ…」

また口づけられ、強引に舌を吸われてしまい、頭の中が沸騰しそうになる。

（なんで、この男にだけ）

初めての時からそうだった。ユアンはバルドに触れられるだけで、そこから熔けていってしまうような、甘く痺れていくような感覚に襲われる。

「さあ、選べユアン。このまま、ここで俺に抱かれるか、それともお前の部屋に俺を連れていくか」

「んっ、く…うう」

脚の間をさっきよりもきつく揉まれて、突き刺すような快楽が背筋を駆け抜けた。ユアンは悔しさに目尻を濡らしながらも、自分に選択の余地はないことを悟らされるのだった。


ユアンの部屋は、表通りから角をいくつも曲がった、路地の奥にある。漆喰の壁に囲まれた場末にある建物の二階だった。二間続きの、こぢんまりとした部屋。決して豪華ではないが、落ち着く根城だ。

「ああっ…！」

いつもは穏やかな眠りをくれるベッドの上に押し倒され、装備や服を剝ぎ取られる。まるでむしり取るような強引さなのに、武器の銃やナイフを扱う時は、幾分か丁寧にベッド横の椅子の上に置いてくれた。

「…ふん。身体中から他のオスの匂いをさせやがって」

バルドはその長い舌で、ユアンの喉元をべろりと舐め上げて告げる。

「俺の匂いを上書きしなきゃな」

「あ、んぁっ…！」

両腕を頭の上でまとめて押さえつけられ、露わになった腋の下にねっとりと舌を這わせられた。異様な刺激にびくつく身体に構わず、バルドは柔らかな肉をしゃぶるように味わう。

「ひ、ひゃあっ、あっ、あっ！」

くすぐったいのに、そこには確かな快楽がある。ぬろぬろと舐められる度に腰の奥に愉悦が響いた。逃げたいのに、大きな身体で押さえ込まれてどうにもならない。

「い、やだ、そこやだ…っ、あ、んんっ」

「駄目だ、我慢しろ。そら、こっちもだ」

「あぁぁあ」

反対側の腋の下もしゃぶられて、ユアンはびくびくと身体を震わせた。隆起したものが時折バルドの身体に触れる度に、じぃん、とした快感が走る。腋の下を舐められながら同時に指先で乳首も弄られて、喘ぐ声が止まらなくなった。

「ああっ、あっあっ、あっ」

いやらしい、雌みたいな声だ。ヒート中のオメガなんて雌みたいなものだが、この男に抱かれると、自分が性欲の塊になったような気がしてくる。決して乱暴ではないのに容赦がなくて、ユアンがどろどろに蕩けるまで徹底的に感じさせられるのだ。

「色が濃くなっているな…。それに、少し膨らんでいる…。吸われたのか？」

「あ……っ」

胸の上でぷつんと勃ち上がった突起を見て、バルドはそう漏らした。そこは、男達を買った時に丹念に愛撫され、吸われている。そのために一時的に肥大したそれに、バルドはそうっと息を吹きかけた。

「んん、うっ」

「悪い子だ」

お仕置きをしないとな、と囁かれて、乳首が舌先で転がされる。途端にずくん、とした快感が腰の奥まで走り、ユアンは喉を仰け反らせた。

「あっ、はーっ、はう、うっ…」

尖った乳首が濡れた舌先に押しつぶされ、弾かれ、唇に含まれて甘く吸われる。時折優しく歯を立てられると、もう我慢できなくて腰ががくがくと震えた。それなのに、脚の間

でそそり立つものには、まだ本格的な愛撫はもらえない。

「…はぁっ…、そこ…ばかり…っ、しつこ…っ」

「しつこいのが好きだろう？」

ユアンの肉体はねっとりと時間をかけて可愛がられることを好んでいた。そんな淫乱な体質をこの男にすっかり知られてしまっていて、それがまた悔しい。

（ただ、初めての男というだけなのに）

ハンターになるまで、身体を売って生きてきたユアンは、バルドの後にも何人もの男に抱かれてきた。とても口に出して言えないようなことも、幾度も経験してきたというのに。

それなのに、この男に抱かれる時だけ、まるで肉体の感覚が堰を失ったように歯止めが利かなくなる。

その理由に、心当たりがないわけでもない。

けれどユアンは、それを認めるわけにはいかないのだ。少なくとも、今は。

「んぅ…っ、あぁぁんっ」

ちゅう、と強く乳首を吸われてしまい、鋭い刺激に思わず高い声が出る。胸の先から腰の奥にダイレクトに快感が駆け抜けていった。

「考え事とは余裕だな」

「あっあっあぁっ」

弄られすぎていやらしく膨らんだ乳首を、舌と指先で執拗に苛められる。じくじくと快楽が滲み、身体中が切なくてたまらなくなっていった。けれど股間のものは相変わらず触れられる気配はなくて、バルドが乳首だけでイかせる気なのだと知る。

「ああ…っ、もう…っ、また、いじめ…て…っ」

「お仕置きだからな」

一晩中苛めてやる、と囁かれて、背筋がぞくぞくとわなないた。身体が、そして気持ちも、この男にされることを悦んでいる。

「あぁんあぁあっ、んっ、あぁああ…っ」

弱い場所をひたすら責められ、我慢できない声が漏れた。乳首の先から痺れるような快感が広がり、身体の末端まで犯していく。体内で絶頂が弾け、ユアンの肢体が大きく仰け反った。

「――…っ、あ、あ――…っ！」

最後に突起をしゃぶられ、もう片方をきゅうっと摘まれて、ユアンの身体がバルドの下でびくびくと悶える。力の入らない指先がシーツを掻きむしるように動いた。

「…あ、あ…ぅ」

乳首でイかされた。それも、こんなに簡単に。

ようやっと顔を上げたバルドの舌先から、唾液が銀の糸を引いてユアンの腫れた乳首に繋がっていた。

「気持ちよかったか？」

「…っは、そんなとこより…っ、もっと気持ちいいところがあるに、決まってるだろ……」

脚の間がずくずくと疼いている。そこは先端から白蜜を滴らせ、中途半端な吐精に留まっていることを表していた。少し気を抜くと腰が勝手にひくひくと蠢いてしまいそうで、ユアンは必死で堪えている。

「なるほど」

バルドは薄く笑って、ユアンの内股を摑んで開いた。恥ずかしく潤んだ場所が男の目の前に晒される。ユアンの胸が、期待と羞恥にどきどきと高鳴った。

「あ、は、ああぁあ！」

いきなり脚の間に顔を埋められ、射精しかけたものを口に含まれる。じゅう、と吸い上げられて、腰が抜けるほどの刺激が下肢に走った。

「んう、ひ、んあ…っあ…っ」

とっくにイってしまいそうなほどの快感なのに、腰回りはまだ重たい愉悦に捕らわれたままだ。バルドがユアンのものの根元を、指で抑えつけているからだった。彼は白蜜で濡れた先端を綺麗にするように舌先を這わせてくるのだが、そんなことをされたらたまったものではない。

「あ…っ、あ――――…っ」

脳髄までびりびり来るほどの快楽が容赦なく襲ってくる。嫌々とかぶりを振るごとに、ほどけた桃色の髪がシーツに散らばった。

「こ…し、とけるぅ…っ、やぁ…っ、あ…んんっ」

裏側のくびれのあたりを舌先で削ぐように舐められて、腰から背中にぞくぞくと官能の波が走った。バルドの肉厚の舌をねっとりと押し当てられているだけで感じてしまう。ユアンの浮き上がった背が震え、わななく口の端から唾液が零れた。

「いっ、うぅ――――…っ、だしたい、出し…た…っ」

バルドの舌が過敏な場所で蠢く度に、体内で快感が荒れ狂う。早く、思い切り解放してしまいたい。けれどこうして焦らされ、甘い苦悶によがるのも身体は受け入れていた。もっと苛められたいと、淫乱な肉体は訴えている。

「…心配しなくとも、一晩中苛めてやる」

「え…っ、あぁっ、んあぁあぁ……っ、～～っ」

ユアンのものが突然根元まで口に含まれ、強く吸い上げられた。身体の芯が引き抜かれそうな刺激に堪えられるはずもなく、白蜜をバルドの口の中で弾けさせる。頭の中が真っ白に染まった。

「ひっ、いぃ…んんっ、ぅあ、ア」

余韻というには激しすぎる感覚がしつこく絡みついてくる。それが抜けないうちに、両脚をさらにひどく開かされた。ユアンの最奥の窄まりは、それまでの淫らな行為によっていやらしくヒクついている。そうでなくとも、男を買った後なのだ。

「ここでたっぷりと愉しんだのか？」

「あっ、あっ！」

指先でくすぐられて、その刺激に声を上げる。それに気をよくしたのか、バルドのものが収縮する後孔へと押し当てられた。

「――――っあ」

挿入ってくる。そう思った瞬間、長大で、まさしく凶器のようなそれが肉環をこじ開けてきた。

「う、あ…あ、ああうぅう」

拡げられて、入ってくる。

一番太い部分が肉洞を押し開き、そのままずぶずぶと入ってきた。大きすぎるそれも、オメガであるユアンならば受け入れられる。ましてや今は、発情期なのだ。

「あ…っ、あ、んぁあぁぁ――――…っ」

ごりごりと内壁を抉られる。その強烈すぎる刺激に、耐えられなかったユアンは達してしまった。バルドの下で大きく背を反らし、下腹に白蜜をぶちまける。

「また挿れられただけでイったのか？」

どこか笑いを含んだ声が煽ってきた。

「ひっ、んっ、あ、う、…るさ…っ、ああんんっ」

うるさい、と言おうとしたのに、その声は途中で甘ったるい喘ぎにとって変わってしまった。何しろ彼のものが気持ちよすぎて、少しも我慢できない。

「ま、て…っ、いま、イって、あ、あ――――～～っ」

ずうん、と奥まで突き上げられ、目も眩むほどの快楽に襲われた。

獣人の王であるバルドの男根は人のそれよりも大きく逞しく、オメガでなければとても受け入れられないだろう。そしてさらに奥までこじあけられそうになって、ユアンは必死で抵抗した。けれど身体に力が入らなくて、ただ彼の肩や腕をひっかくのが関の山だった。

「あ、ああ、あう…うっ、いや、もう、挿れる…なっ」

「なんでだ。この奥はもっと気持ちいいんだろう？」

「あっあっ、ひぃいっ」

深く挿入したままゆらゆらと腰を動かされて、それだけでまたイきそうなほどに感じさせられる。今でさえこんなによがらされているのに、これ以上気持ちよくなったらどうなるかわからない。

違う。知っている。知っているからよけいにこわい。

この奥をこじ開けられ、届く限りの場所を明け渡してしまった時の快楽は、地獄のようで、理性や意地などすべて吹き飛んでしまう。そんな感覚を誰が何度も味わいたいと思うものか。過ぎた快感は、苦痛に近い。

だがバルドの先端は、容赦なくそこに挿入りこもうとしている。

「や、だ、ああっ、奥っ、これ以上、おく、やあ…っ」

「ユアン」

バルドの手が、頭を撫でてきた。それは大きく温かく、こんなにひどいことをしようとしているのに、優しかった。

「大丈夫だユアン…、気持ちいいだけだ」

「ああんんっ」

ぐり、と最奥をこじ開けられ、バルドの雄が侵入してきた。その部分を擦られた瞬間、身体が浮き上がりそうな快感に包まれる。ユアンは声も出せずに喉を仰け反らせた。

「————…っ、ああ、ひ、ぃ……っ」

「ふっ…、絞り取られそうだ。イっているのか？」

バルドの感嘆と、後に続く問いかけにユアンは答えられない。自分が今達しているのか、そうでないのかもよくわからず、ただ強烈すぎる快感にびくびくとのたうつことしかできなかった。そんなユアンの一番感じる部分を、バルドが容赦なく突き始める。ゆっくりとした、だが重く深い抽挿。

「～～っ、あぁあ～～…っ」

ぶち当てられる度に、ずちゅ、ずちゅ、と卑猥な音が漏れた。

「っ、い…いぃ、そこ、いい……っ！」

「……ここが好きか？」

荒い息の中で、バルドが囁いてくる。

「す…すき、ああっきもちいい…っ、ひっ、いぃ――――…っ」

ユアンは股間のものから白蜜をぶちまけ、自らの下腹を汚した。引き締まった腹部が痙攣する。けれどバルドの動きが止まることはない。ユアンは絶頂の直後の過敏になっているところを、バルドのもので擦られ続けた。肉洞が震え、まるで断末魔のような収縮を繰り返す。ユアンの喘ぎが啜り泣きから、はっきりとした泣き声に変化し始めた。

「あぁあ…あぅう…っ、んっ、ひ…っ、ま、また、イく…っ、あっそこっ、ぐりぐり、されると、イっちゃうぅ…っ」

男娼として身体を売っていた時には、客を悦ばせるためにわざと卑猥な言葉を口にしたりもした。けれど今はあの時とは違う。頭の中がいやらしい気持ちでいっぱいになって、口から勝手にそんな喘ぎが出てしまうのだ。

「ああ、さっきからイきっぱなしだよな…。お前の中がうねって、きつく締めつけてきて、俺も気持ちいいよ…」

バルドの凶悪なものが、ユアンの肉洞を擦り上げながら内奥を突き続ける。熱く、どくどくと脈打つ感覚が伝わってきた。身体が望むままに締め上げると、男の形がはっきりとわかる。

「全部、奥に出してやる」

その声に、ユアンは背中がぞくぞくとわななくのを感じた。体内のものを、きゅううっと締めつけてしまう。

「興奮したか？　お前はほんと…、中に出されるの、好きだよな」

「あっ、ちがっ、あっあっ…、んんっ」

口を深く塞がれ、舌根が痛むほどにきつく吸われた。頭の中が沸騰しそうになって、バルドの舌を夢中で吸い返す。口では否定の言葉を漏らしても、発情期のオメガの身体は何より正直なのだ。この男の子種が欲しいと、下腹の奥が疼いている。

「全部やるから、ここで全部飲み干せよ」

「ああっ…、んぅあぁぁあっ」

バルドの律動が速くなった。身体の中を殴られるような快感に、嬌声が漏れる。広げられ、張り詰めた内股にまでびりびりと刺激が走った。

「は、ひ、あぁあぁあぁあっ、――――〜〜っ」

一際大きな絶頂の波が脳天まで突き抜けていく。まるで稲妻に打たれたような快感を受け止めきれず、ユアンは全身で身悶えた。そんな身体をバルドに抑えつけられ、おびただしい精を最奥に叩きつけられる。

「あ…っ、あぁ〜〜っ！　あ、熱…っ」

獣人の熱い飛沫が肉洞を濡らす。避妊薬を飲んでいなければ、一発で孕んでしまうだろう。それほどに濃厚な種だった。

「はあっ、あっ、あふっ」

最後の一滴まで注ぎ込むように、バルドは腰を動かし続ける。ユアンはもうたまったものではない。

「ふう…っ、これで、孕んだか?」

「っ、は…っ、な、わけ…っ」

どうにか正気に戻りつつある頭で、ユアンは息も絶え絶えに言った。

「避妊、してるし…っ」

「…ち、お前が孕んだら問答無用で嫁にしてやるのに」

男は乱れた髪を乱暴にかき上げ、ユアンの首筋や耳元に何度も口づけてくる。絶頂直後でひどく敏感になっているユアンは、そんな戯れめいた行為にさえも感じてしまうのだ。

「あ、や、ん…っ」

バルドが内部から出ていく様子は少しもない。ユアンはふと嫌な予感を覚えたが、彼がやがて再びゆっくりと動き出した時、びくりと身体を跳ねさせた。

「…っそんな、また…っ」

「何度も言っているだろう、お仕置きだと」

内部にたっぷりと満たされた精が攪拌され、さっきよりも卑猥な音が漏れ始める。それはユアン自身の愛液と混ざり合い、繋ぎ目からしとどにあふれていた。

「朝まで泣かせてやる」

獰猛な表情が男らしく整った顔に浮かぶ。こうなったら、ユアンはもう絶対に逃げられない。犯し尽くされ、貪られて、泣き叫んでも許されないのだ。

「んうぅ――――…っ」

ぬちゅ、ぬちゅ、という音と共に、体内の男根に再び擦り上げられてしまう。身体中が痺れるような快感が指先まで広がってきた。理性がまた浸食されていく。舌先で乳首まで転がされて、仰け反った喉元まで指先でくすぐられた。

「あ、すごいっ…、すごいぃ…っ、気持ちいぃ…っ」

「よしよし、何回イってもいいからな」

いいようにされるのが悔しい。そんなふうに思ったのも一瞬だった。後はまたたくまに快楽に呑まれ、バルドの突き上げや甘い愛撫に何度も身体を反らし、イかされる。宣言通り、それはユアンに本格的な泣きが入っても続けられ、空がしらじらと明ける頃、ようやっと気を失うことを許された。

　もう、昼はとうに過ぎている。そしてユアンの機嫌は最悪だった。身体のあちこちが痛くて、特に無理な体勢をとらせ続けられていた脚の付根には今も微妙に力が入らない。内奥には、あの男の存在がまだはっきりと残っていた。

　ユアンが目を覚ましたのは昼も近くになった頃だった。図々しくもベッドでユアンを抱え込むように一緒に眠っていたバルドを叩き起こし、昼飯でもどうだと誘ってくるのを追い出した。それから風呂場に飛び込んで昨夜の残滓を苦労して洗い流すと、出てくるのがこの時間になってしまった。

　ユアンは通りを歩きながら、眉の間にくっきりと皺を刻ませる。

（こんな状態で、あそこに行きたくないのに）

　本当はこんな日はベッドから起きずに寝ていたい。だが、この後に気の進まない約束があった。だからこうして、重い身体を引きずって歩いている。

「――よう、ユアン。どうした、そんなおっかねえ顔して。綺麗な顔が台無しだぜ」

「うるせえ！」

通りで擦れ違った顔なじみが軽薄な言葉を投げかけてくる。それに乱暴な調子で返して、歩みを速めた。裏通りに入り、その奥にある建物を目指す。このあたりの地区はいかがわしい店が軒を連ねる、いわゆる売春街であり、ユアンの古巣だった。

その手の店が営業を始めるまでには、まだ少し早い時間の中、勝手知ったる足取りで奥へと進んでいく。角を曲がると、目の前に一際大きな、豪奢な建物があった。門の前には花を象ったレリーフが嵌められており、『コルダ養成所』という文字が刻まれている。ユアンは鉄の門を開け、その中へと身を滑らせていった。

「――遅かったな。いつも昼頃に来るから、今度もそれくらいかと思っていたが」

「……少し、野暮用があってね」

建物の二階にある部屋で、ユアンは一人の男を前にしていた。上等の衣服に身を包み、どこかの城の大臣が使うような執務机に座っている。年の頃はおそらく四十半ば、赤茶けた髪を無造作に撫でつけていた。多分美男の部類に入る顔立ちなのだろうが、表情に性根の悪さが滲み出ている。

ロンディという名のその男は、この館の主であり、ユアンの元雇用主だった。

「構わないだろう。まだ開店前だ」

「おっと、世間体の悪いことは言わないでくれ。ここは『養成所』なんだ。お前のようなオメガの面倒を見て、優秀なハンターにするための、な」

「御託を聞きに来たんじゃない」

ここには、この国で生まれる多くのオメガが集められる。アルファを誘惑するフェロモンを放ち、発情期のあるオメガにはそれらを抑制する薬が必要であり、貧しい家にとって育てるのが困難な存在だった。

そんなオメガを、この施設はまあまあの金額で買い取ってくれる。ユアンもまた、そうやって親に売られてきた一人だった。

適切な教育を受けさせ、必要な薬を与えてやり、ゆくゆくは人々の役に立つハンターに育成する。そんな触れ込みで親の罪悪感を薄れさせ、養成所は何人ものオメガの子をここに集めていた。

だが、そこで行われていたのは、ただの売春だった。身体を売る人間に、発情を抑える薬など必要ない。むしろそれは好都合とばかりに次々と客を与えられ、体力のない者は命を落とした。

十八になればハンター試験を受けられるが、合格するものはほんの一握りにも満たない。それは当然のことだった。ベータのハンターですら一線で活躍しているものは少ないというのに、体力や体格で劣るオメガではさらに絞られる。

「手厳しいな。まあ、お前があんなに優秀な成績で試験に合格するとは思わなかったよ。あっちのほうも優秀だったがな」

「……今月の分を持ってきた」

ロンディの挑発めいた言葉には乗らず、ユアンは紐で束ねた紙幣を机の上に放る。ロンディはそれを取り上げ、慣れた手つきで数え始める。

「ずいぶんあるな」

「レベルAクラスの討伐ミッションが三件あったからな」

「一人でこなしたのか？　たいしたもんだ」

ロンディはまるで棒読みのように言う。この男は、ユアンが危険なミッションに身を投じようとも関心がないのだ。ユアンが持ってくる金だけにしか興味がない。

「本当に、言われた金額を持ってくればここのオメガ達を解放してくれるんだろうな」

「もちろんだ。これは正式な取引だよ。だが、お前にそれができるかという話だがね」

「絶対に持ってくる」

ユアンはハンターの仕事で得た金の多くを、この養成所に納めていた。ここにいるかつての仲間達を自由にするためだ。

提示された金額はべらぼうなもので、まだ及ばない。

（もっと高額なミッションを受けなければ）

だが報酬が高額であればあるほど、依頼内容は危険かつ難しくなる。それでも、ユアンはここを出る時に誓ったのだ。

必ず、全員をここから救い出すと。

「ところで、あの獣人王の首はどうした」

「――」

ふいに尋ねられて、ユアンは口を噤む。

「あの男の首を持ってくれれば、残りもだいぶ少なくなるだろう。お前なら可能なのでは？何しろ奴は、お前にご執心だ」

「わかっている」

獣人王バルドの首には、高額の賞金がかけられていた。彼らが住む西の山には、豊かな資源が眠っており、宝石などが採れる鉱山も点在している。山奥にある遺跡には、財宝が眠っているという噂もあった。だがそこは昔から彼らの住まう土地であり、人間が決められた領域を越えて入ってくればたちまち報復を受けてしまう。

強欲な人間にとって、西の山は垂涎の土地であり、獣人達は厄介な存在だった。

「バルドの首さえ獲れれば、獣人達も統率を失うだろう。そうなれば西の山も手に入る」

「……そんなことをすれば、獣人達と戦争になるだけだと思うが」

「戦うのは軍の役目だ。最新式の大砲も整備されたというし、恐るるには足りん」

「……」

自らの利益しか考えないロンディの言葉に、ユアンは心底嫌な顔を隠さない。

確かにあの男は、ユアンに並々ならない関心があるのかもしれない。賞金首とはいえ、そこいらのハンターに遅れをとるような奴ではないが、たびたび街まで降りてくるのは危険には違いない。ユアンがその気になれば、寝首をかかれる可能性だってある。

(なのにあいつは、どうして俺に会いに来るんだ)

「抱かれているんだろう？　奴に」

「……っ」

「どうして仕留めない？　夢中にさせておいて、首でも心臓でも狙えばいい。それとも、そんなこともできないくらいによがらされているのか？　お前は淫乱だからなあ」

「黙れ」

ユアンは腰の銃をロンディに向けることをやっとのことで自制した。それでも手がグリップにかかってしまって、それをロンディが冷ややかな目で見ていた。

「なるほど図星か」

「……仕事はこなす。それでいいだろう」

「できるのか？　お前に」

「バルドが俺に執心なのだとしたら、俺に一番チャンスがある」

あの男の首が獲れれば、ここの仲間を解放するという目的に大幅に近づく。ユアンはその選択肢を捨てるつもりはなかった。

「期待しているぞ」

嘲るような笑みを浮かべるロンディに、ユアンは小さく舌打ちをする。こんな男の挑発に乗りたくなんかなかったのに。

「お前には稼がせてもらったが、ハンターの素質まであるとは意外だったよ。なんだったら、今からでも戻ってきても構わんぞ。元Ｓ級ハンターの色子なんざ、珍し者好きの客が喜ぶだろう」

「――リンジー達に会っていっても？」

「ああ、客が来るまでなら構わんよ。先輩として、指導でもしてやってくれ」

どこまでも神経を逆撫でしてくるようなロンディの言葉に今度こそ煽られず、ユアンはいささか乱暴にドアを閉めた。

「――元気だったか」

「ユアン！」

　養成所の北側に、オメガ達が暮らす区画がある。彼らが客をとる部屋は別にあり、ここはそれ以外の時間を過ごす、いわば私室だ。決して広いとは言えない部屋に五、六人が暮らしている。ユアンも三年前まではここに住んでいた。

「そろそろ来る頃だなって思っていたよ」

　駆け寄ってきたのは、金色の長い髪に白い肌を持つリンジーという男娼だった。ユアンがここを出る時に十六だった彼も、今は十九になっている。昔から向こうっ気の強かったユアンとは違い、心の優しい性格だった。今もユアンを兄のように慕ってくれている。

「調子はどうだ？」

「変わりないよ、相変わらず。……でもないか」

　リンジーがちらりと部屋の隅に視線を走らせる。そこには、空のベッドが置いてあった。

「サリアか。……駄目だったのか」

「うん」

　先月にユアンがここを訪れた時、あのベッドにはサリアというオメガが寝ついていた。もともと身体が弱く、客をとるようになってからは発情期の度に体力を消耗しているような少年だった。ユアンもここへ来る度に、顔色の悪そうな彼の姿は目にしている。たまに薬茶なども手渡していたのだが、効果があったという話は聞かなかった。

「先々週だったかな。風邪を引いて、それから一気に」

「……そうか」

また一人救えなかった。そんなことを思うと、胸に重しがかかったような感覚になる。

「みんなユアンみたいに強ければいいのにな」

リンジーがぽつりと呟（つぶや）いた。思わず見つめ返したユアンに、彼は慌てたように手を振ってみせる。

「悪い意味じゃないんだ。ただ、羨ましいなって。なんたってユアンは養成所からの一番の出世頭だからさ」

「ああ、わかってる」

「ハンターって、素質が大きくものを言うんだろ…。でもユアンはそれだけじゃなくて、すごく努力してたことも知ってるのに、こんなこと思うのって、駄目だよな」

「リンジー…」

身内に売られ、モノのように扱われて身体を売らされる。そんな日々がずっと続けば、外の世界に出た人間に思うところがあっても仕方がない。理屈ではわかっていても、寂しいと思うことは止められなかった。

「――何しに来たんだよ」

ふいに後ろから尖った声を投げつけられて、ユアンは振り向く。そこにいたのは茶色の髪をした少年だった。彼はどこか苛立（いらだ）ったような表情を浮かべて、ユアンを見上げている。

「アディ」

彼はリンジーよりもふたつ年下だった。アディがここへ来るのと入れ替わるようにしてユアンはハンターとなり、養成所を出ていった。彼がここへ来たばかりの、客をとるのを嫌がって泣いていた顔をユアンはよく覚えている。

「ご活躍のハンター様が、未だこんなところで身体を売っている俺達を馬鹿にしに来たのか」

「――――アディ、そんなことを言うもんじゃない」

厳しい声で窘めようとしたリンジーを、ユアンは手で制した。

「いい」

「でも……！　ユアンは」

「俺もそうだったから、気持ちはわかる」

だからこそユアンは、自分にハンターの素質があると知った時、何が何でも外に出ようと死に物狂いになったわけなのだが。

ユアンはアディに向き直り、静かな声で告げた。

「ここを出る方法は三つ。客に見受けされるか、ハンターになるか、死体となって出ていくか」

ユアンの言葉に、アディは微かに怯むような顔をする。だが、すぐに怒りの色が表れた。

「……サリアのこと、馬鹿にしてんのか」

アディの青い瞳に涙が浮かんだ。彼は死んだサリアと仲がよかったのだろう。よく二人で笑いながら話している姿を目にしたことがある。

「違う。……けど、俺の力が足りなかったのかもしれない」

S級ハンターなどともてはやされていても、仲間一人救うことができない。こんな場面を目にする度に、自分の無力さを思い知らされた。

「……なに、言ってんだよ」

彼らは、ユアンがロンディとしている取引のことを知らない。告げれば、彼らはユアンのふがいなさを知ることになるだろう。苦界とはいえ、かつての仲間にこれ以上無能だと思われるのは、さすがに堪える。それは自分の弱さゆえだ。本当の自分は、別にたいした存在ではない、ただのオメガだ。こんな時は、特にそれを思い知らされる。四つ目の選択肢を必死になって作ろうとしていることなど、ただの傲慢なのかもしれない。

「俺が言いたいのは、自棄（やけ）にならないで欲しいってことだけだ。諦めないでいるってことは、確かに苦しい。でも諦めてしまったら、本当にそこから動けなくなる」

「……」

アディは無言でユアンを見上げた。青い目が揺らいでいる。その時、時を告げる鐘の音が聞こえてきた。街の広場で慣らされているそれは、この養成所の『営業開始』の合図でもあった。

「……もう、行かなきゃ」

背後でリンジーが呟く。部屋にいるオメガ達が、気怠げな仕草で部屋を出ていくのが見えた。

「アディも。遅れたらまた叱られるよ」

「……うん」

リンジーが上に羽織っている長衣を脱ぐと、そこには薄物に包まれたしどけない肢体があった。アディも同じ姿になり、長衣をベッドの上に放る。

「じゃあ、ユアン。…また来月、かな?」

「……ああ」

彼らはこれから男に抱かれにいくのだ。中には夜通しの勤めをする者もいるだろう。そんな彼らの薄い背中を目にして、ユアンはやるせなさにそっとため息をついた。

「――っ、はあ、はあ、はあっ」

すっかり陽が落ちた街の中を、ユアンは裸足で駆けている。知らない街の路地はひどく入り組んでいて、絶対に抜け出せない迷路のように感じられた。

「――あっちにいたぞ！」

「絶対に逃がすな！　久しぶりの上玉だ！」

離れたところで男達の声が聞こえる。ユアンはその声から少しでも遠ざかるように、疲れた足を懸命に動かした。

（――なんで）

なんでこんなところにいるの。母さん、帰りたいよ、村に帰りたい。

昨日までは、ユアンは生まれ育ったあの村にいた。貧しかったけれども、優しい母親と、二人の妹と弟がいて幸せだった。

けれどユアンが十二になった時、街から一人の男がやってきた。男はユアンの姿をじろじろと眺めると、しきりに褒めていき、やがて帰っていった。

「あの人誰？」

ユアンが訊ねると、母親は悲しそうな顔をして笑う。ユアンのほうを一度も見ようともしなかった。

「――あのね、ユアン。明日、あの男の人と街のほうに行って欲しいの」

「……街に？　どうして？」

「お仕事があるんですって。あの男の人が、ユアンに手伝って欲しいって。ほら、お前走るのも速いし、木登りも得意でしょう。それと、お前の身体のことについても色々と教えてくれるって」

「……そうなの？」

ユアンが顔を傾けて母親を見た時、彼女のこけた頬にほどけた髪が乱れかかった。そう言えば、母は美しいのに、ずいぶん年が上に見える。父が病気で亡くなって、まだ幼い四人の子と残された時から、彼女の苦労は始まった。それに加えて、一番上のユアンはオメガだった。ユアンが生まれた時にも、村では話し合いが持たれたと言われている。この国では子供が生まれるとすぐに検査を受けさせられ、それぞれのバース、――アルファか、ベータか、オメガを明確にするのだ。

――こんな小さな村でオメガなど育てられない。

――だが、村にはアルファはいない。問題ないのではないか。

――しかし、発情期はどうする。抑制剤をいつも用立てられるとは限らないぞ。

そんな会話が繰り広げられ、一時はずいぶんと揉めたのだと、ユアンは後から聞いた。

けれど、その時はまだ元気だった父が、ユアンを守ってくれたのだ。

――どんな生まれだろうと、俺の子だ。立派に育ててみせる。あんたらに迷惑はかけない。

村の治安を守る保安官の仕事をしていた父は、村の中でも人望があり、その父の言うことだからこそ村人は納得してくれたのだろう。けれどそんな父が流行病（はやりやまい）であっさりと亡くなってしまうと、ユアンの立場も次第に微妙になっていった。

それを敏感に感じ取ったユアンは、少しでも母親や村の助けになるよう、自ら進んで山仕事など危険な仕事を請け負った。それでも、ユアンの肉体は日々オメガのそれへと成長していった。いつ発情するのか。発情したらどうするのか。薬は用意できるのか。

母親も、村の人達の追い立てる声に疲弊していたのだろう。ただでさえ、女手ひとつで四人もの子を育てるのは大変だ。しかもうち一人はオメガなのだ。

だから彼女が、街から来たオメガを買う男にユアンを渡してしまったのは仕方がない。

ユアンはわざと平静を装った。

「いいよ。俺がんばって仕事してくる。それで、おみやげもいっぱい持って帰ってくるから」

「――そう。ユアンはいい子ね」

その時母の顔に浮かんだあからさまにほっとした表情も、見て見ない振りをする。その日の夕食に、ユアンの大好きなミートパイが出たことがせめてものはなむけなのだと思った。

翌日、再び家を訪れた男に連れられて、ユアンは村を後にした。長い時間馬車に揺られ、初めて見る大きな船に乗り、海を渡ってやってきたのがこの街だ。たくさんの人と、夜でも明るい建物と、豊富な品物が積み上がっている、ヴァルナヴァスの首都コルダ。

そこでユアンは養成所に連れて来られた。建物に入るなりじろじろと見られて、居心地が悪かったのを今も覚えている。大きな机の向こうに座っている男は、ロンディと名乗った。

「裸にしろ」

ロンディがそう言った途端、周りにいた男達がユアンの服を脱がせ始めた。驚いたユアンは抵抗したが、複数の大人の男に抑えつけられてはどうにもならなかった。ユアンはたちまち裸に剥(む)かれ、ロンディの前に差し出される。

「ほう……」

無遠慮な視線が身体中を這い回って、ユアンは悔しさと羞恥に顔を真っ赤にして唇を噛んだ。いったいこれはなんだ。なんの意味があるんだ。

「いいな。ここ最近じゃ飛び抜けている。特にその髪の色は、ここいらでは見ないな。可愛らしいピンク色だ。客も喜ぶだろうよ」

ロンディは満足げに呟いて、椅子に背中を預ける。

「最初の発情期はまだか？」

「……はい」

困惑の中で頷（うなず）くと、男は少し考えて、ますますいい、と言った。

「お前はきっと淫乱な、いいオメガになるぞ。うんと客を咥（くわ）え込んで、稼ぐようになる」

「え……？」

その時、ユアンはようやっと理解した。遅すぎたくらいだった。だって、まさか母が自分をそんなところに売るなんて、思いもしなかったから。

「お前はこれから身体を売るんだよ。その年ならこれくらいの意味はわかるだろう？　オメガなんだからな」

決定的な言葉を突きつけられ、最後の望みは瓦解（がかい）した。頭の中が真っ白になる。疲れたような母親の顔。厄介者を見るような村の人達の目。

（売られたのか）

薄々気づいていたことではあった。考えないようにしていたのだ。オメガでも、まだ愛されていると思いたかったから。

「もう帰れないの？」

「何を言ってるんだ？　お前の家にはそれなりの金額を渡している。それを身体で返すまで、お前は俺のものだ。ああ、だがな。十八になったらハンター試験を受けさせてやる。なんたってここはハンターの『養成所』だからな」

ロンディが冗談めかしたように言うと、周りの男達から笑い声が上がった。ここがハンターの養成所だというのはまるっきりの建前で、その実はオメガに身体を売らせているのだ。

帰れない。

険しい山の頂から現れる突き刺すような朝陽(ちょうよう)も、胸がすうっとするような空気も、涼やかな音を立てて流れる小川のせせらぎにも、そして生意気だけど可愛い妹達とちょっと内気な弟、優しかった記憶しかない母親とも会えない。

ここから出ていくのはひどく難しいことだと、ユアンはなんとなく感じていた。それを可能にするためには、おそらくとてつもない屈辱に耐えなければならない。

「さっそく今夜から仕込みに入れ」

「わかりました。――――おい。腕によりをかけて調教してやるからな」

男達の間に、淫猥(いんわい)な、下卑(げび)た空気が漂う。ユアンの背が粟立(あわだ)った。

その夜、ユアンは部屋の窓から逃亡を企てた。窓は壁のかなり高い位置についていたが、樹の上に実っている果実を採ることに比べたらずっと容易(たやす)かった。

だが、街中追いかけ回されて、ユアンの体力もそろそろ限界に近づいてきている。

（このままだと、捕まる）

そうしたらきっと、ひどいことをされる。

売られるのは仕方ない。ユアンは厄介なオメガだから。けれど、こんなところはあんまりだと思った。

走るユアンの前方に、大きな壁が立ち塞がる。しまった、ここは袋小路だ。

「へっ、馬鹿め」

背後から男達が迫ってくる。ユアンはどこかに抜け道はないかと見回した。壁に木材が立てかけてあるのを確認すると、それを足場にして壁を駆け上る。まるで猫のように身軽に屋根に上がったユアンを見て、男達は目を丸くした。

「おい！　屋根に上がったぞ！」

「ったく、手間かけさせやがって！」

男達が建物の向こうへと回り込もうとする。隣の建物へはそれなりの距離があって、ユアンが降りるまでには追いつかれそうだった。

「――――ちっ！」

足に力を込め、そのまま中空へと身体を踊らせる。ユアンが別の建物の屋根に着地すると、騒ぎを聞きつけて見物していた者達の間から、わっ、と声が上がった。

このまま、逃げ切ってやる。

ユアンは続けざまに屋根から屋根へと飛び移った。だが、次第に足が縺れ、何度目かのジャンプの時に、とうとう屋根から落下してしまった。

「——あっ！」

高所から、硬い石畳の上に落ちてしまう。ユアンは大怪我の覚悟をした。衝撃に備え、両目を硬く瞑る。だがユアンを受け止めたのは硬い地面ではなく、逞しい二本の腕だった。

「——っ」

「おっ…と」

低い男の声がする。咄嗟に目を開けたユアンの視界に、フードを被った男の姿が映った。街灯が木影に遮られて、男の顔立ちまではよくわからない。だが、その顔の中で、金色の双眸がきらりと光ったのが見えて、ユアンは息を呑んだ。

「子猫が落ちてきたのかと思った」

ユアンは男の腕に抱き留められたのだ。そのことに気づいて、降りようと脚をばたつかせる。遠くで男達の声が聞こえてきた。

「追われているのか？」

「あっ…、は、はい」

「逃がしてやろうか」

「えっ」

男が被っていたフードをとる。その時、雲間から月が出てきて、男の姿を照らした。

――獣人？

村にいる時、聞いたことがあった。山の中に住む半人半獣の一族で、普段は人の姿をしていてもその本性は獣だという。まるで耳のような形の髪の毛と、肌に刻まれた刻印のような模様がその目印だった。

「ただし、俺の番となれ」

男はユアンを壁に押しつけ、その首筋に顔を埋める。

「――オメガだろう？　うまそうな匂いがする」

「っ」

ぞくっ、と背中に悪寒が走った。食べられる、という恐怖が体内を駆け抜ける。獣人は、いざとなったら人間を食ってしまうのだと、村の年寄りに教えられた。

「は、離せ！」

それに、所詮こいつらもオメガを対等に扱ってくれない。こんなふうにいきなり、ユアンの意思も確かめずに決めてしまおうとする態度に、強い反発を覚えた。

「助けてくれたことはありがとう。でも、俺、誰の番にもならないから！」

「ふうん？」

パシッ、と手を叩かれ、男は意外そうにユアンを見下ろす。自分の思い通りになるのが当然だとでもいうようなその表情に、ユアンの胸は内側からひっかかれるような苛立ちを感じた。

「——生きていけるのか？　一人で」

「当然だ！」

もとより、売られてしまった身だ。今となっては、村へも戻れはしないだろう。そんなことを今更悟ってしまい、両肩が重く沈んだ。けれどユアンはきっ、と顔を上げる。

「じゃあ！」

その場から駆け出そうとして、一度だけ振り返ると、男はひらひらと手を振っていた。強そうで、自分の力に迷いのなさそうな男。ユアンを守れると信じ切っているような男の素振りが、嫉妬をかき立てる。

——いつか、俺だって。

自分の足で立って、一人で生きていくんだ。

そう決意して、ユアンは夜の街を駆け抜けていくのだった。

「――客が来るのは蒼の灯り時だ。何も心配いらねえ。言うことをよく聞くんだぞ」

男はそう言って出ていった。残されたユアンは一人、部屋の中をゆっくりと見回す。華美な内装に彩られた部屋は、男の欲情を煽るように飾り付けられている。ユアンは今日からここで、客をとるのだ。覚悟はしていても心細かったのか、この街へ来た夜のことを思い出してしまう。

あの後、ユアンは結局、養成所の男達に捕まってしまい、折檻を受けた後、容赦のない調教を受けた。淫らな体質を持つオメガに徹底的に快楽を覚えさせるような行為は、ユアンに屈辱と屈服を植え付けていった。先輩達の身の回りの世話をしながら、しばらくの間そんな生活を続けた後、とうとう店に出される日がやってきた。ご丁寧に発情期の時期に合わせ、朝から抑制剤もなしに発情させられている。

そんな状態で、ユアンはきらきらとした糸が縫い込まれた薄物を纏わされ、薄く化粧を施されて初めての客を待つ。

(何をされようが、もう今更だ)

疼く身体を持てあましていれば、男を受け入れるということがどういう行為なのか、もうわかっている。

(十八になったらハンターになって、ここから出ていくんだ)

それまではこの屈辱に耐えなければならない。だが、大丈夫だ。耐えてみせる。

そう思った時、ふと思い出してしまったのだ。もしもあの時、あそこで出会った獣人についていったら、どうなっていたのだろうと。

（どうせたいして変わりはないさ）

自由も与えられず、従属させられる日々が待っていたに違いない。あの男の傲慢そうな顔を見ればわかりそうなものだ。それならば、まだ脱出できるチャンスのあるこちらのほうがいくらかマシだ。

そんなことを考えていると、部屋のドアが開く気配がした。ユアンはハッと息を呑んで身構える。そして次の瞬間、入ってきた男の姿から目を逸らせなくなった。

「……あんたは」

「俺のことを覚えていたのか？」

彼は部屋の中に漂うユアンのフェロモンに反応したのか、一瞬目を眇めた。薄々わかってはいたが、この男はアルファだ。

そして忘れようにも忘れられるものか。たった今も、この男のことを考えていたのだ。

「俺の名はバルド」

男が身につけていたマントを剝ぎ取るように脱ぐ。彼は身体にぴたりと沿うような黒い衣服を身につけていた。肘のあたりから剝き出しになっている腕は長く力強く、生命力に満ちている。整った顔立ちに浮かんでいる表情は自信に満ちているように見えた。

「見ての通り獣人だ」

「あ……」

その時ユアンは、この男に見蕩れていることに気づく。そして急に恥ずかしさに包まれて彼から視線を逸らした。

「何しに来たんだ」

「決まってるだろう。お前の初めての客になりに来たんだよ」

「あの時、えらそうなことを言ったのを馬鹿にしに来たのか⁉」

ユアンは結局のところ、男娼になってしまった。こんな姿をバルドに見られてしまい、情けなさと惨めさに襲われる。

「いいや」

だが彼はあっさりと否定して首を振った。

「俺はただ、お前を買いたいと思っただけだ」

「――――」

バルドの手が、頬に触れてくる。熱い手だった。

「それに、お前はここで終わるような奴じゃないだろう。いつかきっと、自分の力でここから出ていく。そうしたら、お前を俺の番にする」

「な…なんで…？」

自分と彼は、あの夜に一度会ったきりだ。それなのに何故、そんなふうに言うのだろう。

「何故？　……人間ってのは理由を欲しがる生き物なんだな」

バルドが喉の奥で低く笑う。

「お前と出会って、美しいと思った。抱きたいと思った。それで充分だ」

端整な顔が近づいてきた。勝手に心臓が走り出し、どきどきと高鳴る。何故と問うのなら、ユアン自身こそが不思議だった。たった一度会ったきりの男に、どうしてこんな。

「ユアン」

名を呼ばれてびくりと肩が震える。抱かれるのだ、この男に。

「ンっ」

ぬち、と音を立てて唇が塞がれる。ユアンにとっては初めての口づけだった。バルドの舌がゆっくりと口腔に入ってきて、敏感な粘膜を舐め上げてくる。

「ふっ、ぅん…っ、んっ」

肉厚の長い舌で口の中をいっぱいにされて、さらに舌まで捕らえられて、じゅう、と吸われた。全身が、びく、びくと跳ねて、されるままになってしまう。口吸いの時の作法も、教えられたはずなのに。

「……っふ、は」

顎を捕らえられたまま一度口を離され、ユアンははあはあと息継ぎをした。バルドはそんなユアンを見て、ふ、と笑う。

「小さい口だな」

「あ、ん…うっ」

また塞がれて、甘い苦しさに呻いた。舌と舌が絡み合う感覚は異様なものだったが、何故か嫌だとは感じなかった。それどころか、バルドと口を合わせていると、身体の奥がむずむずしてくる。

「…下手くそだな」

キスが下手だと笑われたのだ。真っ赤になるユアンの頭をバルドが撫でてくる。

「可愛いよ。…気持ちいいだろう？」

「んん、むうっ」

また口を吸われ、頭の芯がぼうっとした。今度ははっきりとした快感が口の中で生まれて、ユアンは夢中で彼の舌を貪り返す。バルドの手が身体中を這い、気がつくとユアンはほとんど服を脱がされていた。

「力を抜いていろ。…俺が食ってやる」

「あっ」

胸の突起を摘まれて、くりくりと弄ばれる。するとそこはすぐに、じん、と熱を持ち、彼が与える刺激を心地よいものとして受け止めた。調教される時にそこへの責めも当然行われたが、その時よりもずっと気持ちがいい。

「あ、なに、これっ」

ちゅうっ、と音を立てて吸われ、しゃぶられると、身体の芯がじくじくと疼く。愛撫されている乳首から甘く痺れる感覚が生まれ出て、全身に広がっていった。

「ちょっと吸っただけですぐにぷっくり膨れて、可愛いな」

バルドの舌は力強くねぶってきたかと思うと、くすぐったいほど繊細に動く時があって、ユアンはその淫戯に身悶える。乳暈(にゅううん)を焦(じ)れったいほどに舐(な)め回(まわ)されたかと思うと、ふいに突起を吸われ、悲鳴のような声を上げてしまった。

「あっあぁあ…っ、そこ、ばっか、やぁぁ…っ」

「すまんすまん、可愛いからつい、虐(いじ)めちまった」

愛撫がやんでも、ふたつの突起はまだして欲しそうに尖(とが)っている。けれど、それよりももっと他のところを責めて欲しい気持ちが強かった。たとえば、そう、もう下腹につきそうなほどに勃ち上がっている股間のものとか。

「ここ、つらいか？」

「んんっ」

先端から蜜を零し、はしたなく濡らしているものを根元から撫(な)で上(あ)げられて、内股がびくん、とわななく。発情した身体に、バルドの優しい愛撫はむしろつらかった。思い切り責めて、嬲って欲しいのに、彼は焦れったいくらいにユアンの身体を蕩かしてくる。

「俺ももうこんなだ」

「っ……！」

布の下から出てきたそれは、長く逞しく、威容を誇っていた。こんなものを挿れられるのかと一瞬怯むと、彼は優しくユアンの桃色の髪を撫でてくる。

「いきなり挿れたりしないし、お前なら大丈夫だ」

そう言うと彼はユアンを抱え上げ、膝の上に乗せた。向かい合った姿勢が恥ずかしくて彼の肩口に顔を埋めると、ぐっ、と腰を抱かれて密着させられる。すると彼の剛直と、ユアンの屹立が触れ合った。

「あっ」

熱い。バルドのそれは火のように熱かった。彼は自分のものとユアンのそれを大きな手で一纏めに握ると、上下に擦って扱き出す。

「ああ、あう、あああぁっ」

脳天まで突き抜けるような刺激に思わず背を反らした。快感が強すぎて無意識に腰が引けてしまうが、バルドの強い腕に捕らえられ、容赦のない愛撫を受ける。

「ふあ、あ、ああはぁっ」

お互いの裏筋が擦れ合い、下半身全体が痺れそうだった。

「ああ、だめ、あっあっ」

「もっと腰を振らないとイけないぞ」

「や…っ、う…嘘、イきそ…っ」

「俺が、だ。俺がイくまで、つきあわせるからな」

「なっ、ああ、あっ、あっ、ん――――…っ！」

言っている側からユアンは我慢できずに達してしまう。先端の蜜口から白蜜が弾けて、バルドの手を汚した。けれど彼はユアンが達している間もお構いなく指を動かし続ける。ユアンが吐精したことでぬめりが多くなり、いやらしい音も大きくなった。

「あ、ア――――、ああ、あ」

（いい。気持ちいい）

淫らな快楽を与えられ続けて、ユアンは次第に恍惚(こうこつ)となり、ぎこちなく腰を揺らしていた。

「そう、いいぞ…、上手だ」

「はっ、ん、ああん…っ」

口を吸われながら、股間のものに蕩けるような愛撫を受ける。ユアンはバルドに身を委ね、彼の動きに合わせて腰を振り立てていった。

「ん、んっ、んうう…っ」

夢中になっていると、バルドのもう一方の手がユアンの尻に回る。双丘を押し開かれ、その狭間の後孔に指を差し込まれた時、思わず目を開いた。

「あ、うぁ、ああんんっ」

発情期であるそこは濡れ、バルドの指を嬉しそうに呑み込んでいく。前と後ろを同時に責められて、ユアンはまた達してしまった。

「は…っ、ァ…っ」

「またイったのか?」

「だ、だって、あぁ…っ、そこ…っ」

男の指を届く限りの奥まで挿入され、肉洞の壁をくちゅくちゅと捏ね回される。下腹の奥がきゅうきゅうと感じて、まさぐってくる指を強く締めつけた。

ユアンは男を受け入れるために、この場所に張り型を挿入され、広げられていた。そうして快楽を覚え込まされていたが、その時とは比べ物にならないほどの愉悦に襲われている。

「俺のモノが挿入ったら、こんなものじゃないからな」

そんなふうに囁かれながら、親指の腹で屹立の先端を撫で回すように刺激された。ユアンの唇から、ひぃ、という涕泣が漏れる。

「や…っあ、あ…っ、いく、また、イく…っ」

肉体の感覚が暴走している、と思った。大きな快感の波が後から後から押し寄せてきて、呆れるほど簡単にイってしまう。桃色の髪を振り乱しながら腰を振り立て、背中を弓なりに反らして悶えていると、ようやっとバルドにも射精の予兆が来たらしい。屹立から伝わってくる脈動がどくどくと大きくなった。

「いいぞ。俺もイきそうだ…。一緒にイくか？」

「んっ、あっ！　い、一緒にっ…、い、イく…っ」

思わず我を忘れてしまったユアンは、バルドと共に幾度目かの絶頂を駆け上がる。二人分の精がほぼ同時に弾けて、互いの下腹を濡らした。

「は…っ」

「ふう…」

全身が痺れるような極みに、しばらく動くことができなかった。バルドも同じように荒い息をついていたが、彼はおもむろにユアンの腰を抱え上げ、硬度を失っていない凶器の切っ先を後孔の入り口に当てた。

「あ、あっ…！」

挿入られる。そう思っただけで、入り口がひくひくと収縮する。男のものが、初めてここに入るのだ。この先、何度となく経験しなければならないこと――。その一番最初がこの男なのだ。

「ん、う、んぅうう――――…っ」

ずぶずぶと音を立てて怒張が呑み込まれていく。犯されるごとに腰から背中にかけてぞくぞくと快感の波が這い上がっていった。いっぱいに押し開かれる苦しさはあるものの、痛みはない。

「あ…っ、あ～～～っ」

その瞬間、ユアンの本能が悟った。この男が、ユアンのアルファなのだと。

――最低だ。

これから多くの男に身体を拓かなくてはならない時に出会うなんて。

「ん…っ、んっ、んうぅう――――…っ」

下からだんだんと強く突き上げられながら、ユアンは思う。この男も、それを感じているのだろうか。

運命だなんて信じない。そんなものはろくなものじゃない。

初めての快楽に溺れながらも、ユアンは気づかない振りをした。

先の尖った、鋭く巨大な黒い足がユアンを狙う。それを身軽に避けながら、両手の銃で狙いをつける。撃ち出された銃弾は硬い足を貫き、体液をまき散らしながら動きを止めた。怒り狂った怨嗟のような叫びが森の中に響く。

ユアンが対峙しているのは、三メートルに届こうとしている蜘蛛の化け物だった。依頼の難度は特A。この近くにある村人がすでに何人も犠牲になっていて、ギルドに討伐の依頼が入っていた。

「――あと半分」

この蜘蛛の魔物を倒すには、八本の足をすべて射止めること。一本でも残っていれば、その足が敵の身体を必ず貫こうとするだろう。

その攻略法を聞き、ユアンは先ほどから足に狙いを定めて攻撃をしていた。動きは少しずつ鈍ってきている。この調子で、残りも一気に片をつけるのだ。

ユアンは樹の上でリロードを行い、新しい弾を装塡する。その下で蜘蛛がぎらぎらとした赤い目をユアンに向けていた。

「悪いな。お前に恨みはないが、お前を恨んでいる奴はいるってことだ」

その言葉に反応したように、蜘蛛の口がガチガチと音を立てて噛み合わされる。ふと何かの予兆を感じ、ユアンは樹の上から飛び退いた。

「――――キシャアア！」

蜘蛛の口から白い糸が何本も吐き出され、それまでユアンがいた場所へと絡みつく。バキバキという音と共に枝が持っていかれた。足を半分潰されたというのによく動いている。最後のあがきなのだろうか。

さらに一本の足を砕き、別の樹へと移動する。獲物の後ろをとるのは、ハンターの基本だ。だがその時、ユアンは信じられない光景を目にした。蜘蛛の頭が、ぐるりと半回転して、その赤い目がまっすぐにユアンを捕らえたのだ。

「シャアアア！」

糸が吐き出され、手脚に絡みつく。粘度の高いそれを素手で引き千切ることは困難だった。ユアンは中空に糸で固定されてしまう。

「くっ……！」

蜘蛛は三本の脚を操り、糸を伝ってゆっくりとこちらに近づいてきた。このままでは、いずれあの蜘蛛の腹の中におさまってしまうだろう。

――せめて、片手だけでも自由になれば。

そうすれば銃で糸を切り、自由になれるのに。

「ギギ……ギギギ」

カチ、カチと歯を嚙み鳴らす音が聞こえてくる。次第に近づいてくる蜘蛛の巨軀に、ユアンは背筋に嫌な汗が伝うのを感じた。

駄目だ。まだ、諦めるな。

封じられた右手に握った銃を必死で蜘蛛に向ける。これを落としたら、もう後がない。だが、震える銃口が蜘蛛を撃つ前に、その牙がユアンに食らいつくほうが先のような気がする。

「く、そ」

こんなところで終わるのか、俺は。

それも、蜘蛛の化け物なんかに食われて。

耳に聞こえるのは、ガチ、ガチという牙を鳴らす音。目の前に迫る鋭い牙が、肉に突き立てられようとした時、ふいに右腕の感覚が自由になった。

「――――！」

どういうわけか、糸が切れている。

考えている暇はなかった。反射的な動きで銃を構えると、蜘蛛の口の中に銃弾を叩き込む。

「ア、ガ、ガ――――！」

蜘蛛はユアンの目の前で地面へと落ちていった。その時、聞き覚えのある声が耳に響く。それは間違えようのない声だった。

「残りの足を潰すぞ！」

「――――これは、俺の獲物だっての！」

右腕が動かせるようになり、左腕と両脚に絡みついている糸を撃って引き千切る。地面に着地すると、三本のうちの一本の足を鞭で封じられて、蜘蛛がもがいている姿が見えた。その鞭の使い手は、バルドだ。

「一気に仕留めろ」

俺に指図するな。そう言おうとしたが、さっきまで自分が絶体絶命だったことを思い出す。ユアンはぎゅっと口を引き結び、残りの足を事務的に処理していった。そして最後に、蜘蛛の頭に向かって弾を撃ち込む。

化け物はそれであっけなく動かなくなった。このあたりを支配し、村人を恐怖に陥れていた蜘蛛は、今はユアンの目の前で動かなくなっている。討伐は終了だった。

「危ないところだったな」

バルドはにやにやと笑いながらユアンを見下ろしている。奴はどうしてそんなに嬉しそうな顔をしているのだろう。

「……一応礼は言っておく」

不機嫌そうな顔をしていたが、それでもユアンはありがとう、と彼に言った。

「どうしてこんなところにいるんだ」

「ここから少し離れたところに里に通じる道があってな。そこを歩いていたら、お前の匂いがした。ひどく追いつめられている匂いだ。助けに呼ばれたら、行かないわけにはいかないだろう？」

「助けなんか呼んでない！」

だが、あの場で彼が現れなかったら、自分は間違いなく食われていただろう。ユアンはため息をつき、銃で蜘蛛の牙の先を砕いた。そのひとつをバルドに放る。

「なんだ？」

「ギルドに持っていけ。報酬の半分はお前のものだ」

「別にいらんな」

バルドが牙のかけらを投げ返してきた。それを顔の横で受け取り、ユアンは顔をしかめる。

「それよりも、お前が無事でよかった」

「……それじゃ俺の気が済まない」

命を助けて何の見返りも求めない男に、ユアンは歯がゆく思う。バルドが分け前を寄こせと迫ってくる男だったならばずっと楽だったのに。

「俺が何を欲しいかなんて、わかっているはずだろう?」

そう、この男が要求するものは、金なんかよりもずっと質(たち)が悪い。ユアンはため息を吐きつつ、彼の元へと歩み寄った。

身体が呼吸を欲するままに、ユアンは汗に濡れた肩を喘がせた。何度も絶頂に達した後の身体は気怠い。そんなユアンを置いて男がその場から立ち去る気配がするのに、思わず目を伏せてしまった。

あの後、洞窟のような場所に連れ込まれ、昼日中から外で抱かれた。快楽に逃げる腰を摑まれ、後ろから何度も引き戻されて犯され、ユアンは喉を反らせてよがり泣いた。もしも側を通る者がいたら、淫らなユアンの声を聞けただろう。

ようやく解放され、その場に頽(くずお)れたユアンを置いて、バルドはどこかへ行ってしまった。やるだけやって放置か。けれど命を助けられたから、文句も言えない。あの男に借りを作りたくはない。

動けるようになったら、さっさと街へ戻ってギルドへ行こう。ここのところ高レベルの依頼ばかりこなしていたので体力にも不安がある。あんな蜘蛛の魔物に遅れをとったのも、無理をしていたからだろう。

――焦りは命取りだとわかっているのに。

それでもユアンは、早く仲間達を自由にしてやりたかったのだ。

洞窟の入り口から陽の光が入り込む。目に突き刺さりそうなそれに、ユアンは片手で顔を覆った。すると誰かの足音が近づいて来るのが聞こえた。咄嗟に銃に手を伸ばしたユアンは、それがバルドだということに気づいた。

「……どうして戻ってきた」

「うん？」

何か、不思議なことを言われたような顔をして、バルドは首を傾げる。その手には濡れた布と、丸い果実があった。

「川で布を濡らしてきた。あと、うまそうな実がなっていたからこれも」

バルドは赤い果実をユアンに渡すと、絞った布で身体を丁寧に拭き始める。

「ちょ、ちょっと、自分で」

自分でやる、と言いかけたのに、即座に却下されてしまった。

「俺が全部やるから、お前はそれでも食ってろ」

世話をしてもらっている間、果物でも食っていろとは、女王のような振る舞いをしろと言われているようなものだ。

「……帰ったんだと思った」

「俺が？　なんでだ？」

「用が済んだから」

そう言うと、バルドは笑った。どこか優しい笑いだった。

「ひどいな。俺がそんな薄情な男に見えるか」

「……いや」

彼は意地悪ではあるが、薄情ではない。よく考えれば、バルドがユアンを抱いた後、何のケアもせずにその場を立ち去ったことなど一度もない。それなのにどうして、そんなことを思ってしまったんだろう。

「悪かった」

素直に謝ると、大きな手で頬を撫でられた。思わずその手に縋りそうになって、堪えるのに苦労した。

(薄情なのは俺か)

求愛してくれる男を、殺そうとしているのだから。

「よし、こんなもんでいいか」

身体を拭かれて、ユアンはのろのろと身繕いを始める。バルドは向かい側に腰を降ろし、さっきとってきた果実のひとつを手にとり、がぶりと食らいついた。

「お前、ここんところ危険度の高い依頼ばかり引き受けているだろう」

「そういう依頼は総じて高報酬だからな」

「……養成所にいる仲間のためか？」

手の中の果実を頬張ろうとして、ユアンはそのまま瞠目した。彼に、そのことは話してはいないはずだ。

「…どうして」

「それはわかるだろう。ずっと見てきたんだ」

ユアンはそっとバルドから目を逸らす。こういう自分が、ひどく嫌だ。

そして彼は、そんなユアンに対して、残酷な言葉で斬りつける。

「だがなユアン。お前のしていることは、穴のあいた入れ物に水を注いでいるようなものだ」

「――――」

薄々わかっていたことだった。ユアンがどんなに報酬を稼いでも、養成所に来るオメガは毎年のようにいる。彼らをすべて救うことなど、現実的ではなかった。

「あいつらを見捨てろっていうのか」

彼らはそれぞれが親に見捨てられた存在だ。あそこにいるオメガ達の気持ちが、ユアンには痛いほどにわかる。もしも彼らを助けることができたなら、ユアンの中にある孤独のようなものも癒えるのではないだろうか。そんなことをずっと考えてきた。

「お前は優秀なハンターだが、なんでもできるわけじゃない。それぞれが抱えられるものには、限界がある」

正論を言われて、頭にカッと血が昇りそうになる。

「……お前の首を差し出せば、現実的になりそうだけれども…？」

必死で感情を抑えて出した声は低く掠(かす)れていた。さっきさんざん喘がされたせいもあるのだろう。そんなユアンに、バルドは雄臭く口の端を引き上げる。

「残念ながら俺の望みは、お前と一緒に幸せになることだ。それはきいてやれない」

「お前の同意なんかは必要ない！」

ユアンは銃を握り、バルドの眉間に突きつけた。それなのに、少しもたじろいだ様子もなく、むしろ静かにこちらを見つめ返してくるのが腹立たしい。

「どうした、撃たないのか」

首を獲られてやる気はないと言ったくせに、ユアンが引き金を引けないでいるとそんなことを言ってくる。

「お前は情に厚い。だから、さっき俺に助けられたお前は、その引き金を引けないはずだ」

「――――うるさい。俺がいつ助けてくれなんて言った」

「そうだな。お前はいつも一人でどうにかしようとする」

その時初めて、バルドの顔に寂しそうな色が浮かんだ。ユアンはむしろ、そのことに動揺してしまい、狙いがぶれる。

「どうした？」

ユアンが銃を下ろしたので、バルドが首を傾げた。

「今お前を殺したら、寝覚めが悪くなるだけだからな」

「優しいな。そういうところが可愛い。助けた礼なら、今もらったばかりだが？」

言い返せなくて睨むと、腕を摑まれてまた抱き締められてしまう。

「なあ、本当に俺の番にならないのか？」

「……っ無理だ」

こんな状況で、彼と一緒になれるはずがない。厚い胸板を押し返すと、今度は彼は素直に放してくれた。それを少し寂しく思ってしまうなんて、絶対に矛盾している。

「街に帰る」

「ああ、またな」

「次は殺す」

物騒な言葉を投げつけると、彼は肩を竦めた。こんなにひどい態度ばかりとっているというのに、どうしてバルドは自分に会いにくるのだろう。

洞窟から出ると、ユアンは足早に森の中を駆け抜けた。

「また依頼遂行か。お手柄だな」

討伐の証拠の牙を渡すと、ギルドの男は口笛を吹きたそうにユアンを褒め称えた。

「いいからさっさと金と、次の依頼を紹介してくれ」

「もうか？　少しは休んだらどうだ」

「あいにくと、稼がなきゃならない理由があるんでね」

そう言うと、男は苦笑して奥の部屋に入っていく。少しして紙幣の束を手に戻ってくると、ユアンに差し出しながら言った。

「あんたご指名の依頼が入っているぜ」

「どこから？」

「養成所」

「――――」

報酬を受け取るユアンの手が一瞬止まる。動揺を悟られない振りをして、男の次の言葉を待った。

「ここに来たら、直接養成所のほうに来てくれってさ」

「は…、あんなところ、月に二度も行きたくないもんだ」

「でも受けるんだろう？」

「話を聞いてからだな」

そうは言ったが、おそらく自分は仕事を受けるだろう。あとは、どれだけ報酬を多く引き出せるかだ。

「なあ、ユアン」

心の中でその算段を立てていると、いつも軽口ばかり叩く男が、どこか真剣な口調で話しかけてくる。

「俺は、お前のことといい奴だと思ってんだよ。お前が何のためにそんなに必死になって稼いでいるのかは知らねえが、ちゃんと自分のことも考えろよ」

「……」

男にはユアンの、養成所の仲間を解放したいという願いを教えたことはなかった。それなのに、まるで知っているかのように忠告される。そんなに自分は必死になっているように見えたのか。おかしくなって、思わず笑いを漏らしてしまう。

「――――考えとくよ」

「おう。俺は真面目に言ってんだからな？　じゃ、これ依頼書」

受け取ったユアンはカウンターの前で踵(きびす)を返し、軽く手を振ってギルドを後にする。

正直、気は重かった。だが無視はできないし、ギルドを通すということは正式な依頼なのだろう。

嫌なことは早く済ませてしまうに限ると、ユアンは足を養成所へと向けた。


「西の山の里？　それは――――」

「ああ、獣人の里だ。お前もよく知っている奴の、な」

思わせぶりなロンディの口ぶりに、ユアンは不快な表情を隠さなかった。椅子の背に身体を預けると、「――――で？」と先を促す。

「あの山には遺跡がある。それはお前も知っているだろう。そこに眠る財宝のこともな」

「あの遺跡には入れないぞ。その中に入れる鍵を獣人達が後生大事に守っている。あの男だって、たとえ俺が色仕掛けをしたところで入れてくれるものか」

これまで何人ものハンターや盗賊達が、獣人の遺跡に赴(おもむ)き、そこにあると言われる財宝を手に入れようとしたが、入り口は石の扉で硬く閉ざされ、どんなことをしようと破壊することはできなかった。そこに入るには、獣人の里にある鍵が必要だと言われている。

「誰が直接、遺跡へ行けと言った？」

嘲るような声に、ユアンは目線だけを上げてロンディを見た。

「先日、新しい情報を入手してな。その鍵とは、玉座の間にあるレリーフらしい」

「……」

「お前には、獣人の里に忍び込み、そのレリーフをここに持ってきてもらいたい」

「俺にそんな、こそ泥のような真似（まね）をしろと？」

「報酬ははずむぞ」

そう言って、ロンディはユアンに金額を提示した。それは特Aクラスの依頼を五回こなしたのと同程度のものだった。

「それと、ここにいるオメガを三人解放してやる」

それを聞き、腕を組んでいたユアンの指先がぴくりと動く。

「――――本当なんだろうな」

「もちろんだ。正式な依頼書も発行してある。もらっただろう？」

ギルドにもいくつか種類があり、国営のギルドでは報酬の未払いなどを防ぐために、国の管理下にある依頼書を発行している。あの調子のいい男がいるギルドは国営なのだ。依頼主が報酬を払わなければ、代わりに国が取り立てるという仕組みになっている。

ということは、ロンディが提示した報酬は、確実に受け取れると思っていいだろう。

「どうだ、受けてもらえるか?」

言葉は疑問形だが、ロンディはおそらく断られるとは思っていないだろう。そしてひどく腹立たしいことに、その通りだった。

「――――わかった」

ユアンのこの決断は、あの男を裏切ることになるだろう。だが、今更だと思った。ユアンに命を狙われていることは、バルドだって承知のはずだ。

ユアンは先日、リンジー達の部屋に行った時のことを思い出す。いつの間にかいなくなっていたあのオメガは、どんなにか心細く、悲しかったことだろう。

ユアンはバルドに引き寄せられる、本能のような感情に抗わなければならないのだ。オメガがアルファに従属することなく、一人でも歩いていけるのだというところを見てもらいたい。ハンターになった時、ユアンはそう思った。

リンジー達を思い浮かべ、ユアンは自分の脳裏からバルドの姿をうち消した。


西の山は、街からは人の足で二日ほどの場所にある。けれども、獣人達の足ならば一日もかからずに移動することができた。彼らは普段は人型で生活しているが、長距離の移動の時は獣の姿になる。

ユアンは一度だけ、バルドの獣の姿を見たことがあった。それは巨大な黒い狼で、金に近い琥珀の瞳は、人の姿をしている時と一緒だった。

「……あそこか」

決して軽い道程ではなかったが、とうとうここまで来てしまった。山の中腹に、獣人達の里とおぼしき集落が広がっている。ここから見る大きさからいって、それは町といっても差し支えないくらいの広さがあった。建物が樹や石でできているのは人間の街とそう変わりはないが、どこか独特の色使いがある。

「――――さて、どうするか」

ぎりぎりの距離まで近づいて、様子を見る。獣人は夜目が利くので闇に乗じて、というのは意味がないだろうが、彼らが基本的に昼間に行動し、夜に寝るというのはバルドから聞いて知っていた。それなら、やはり夜を狙ったほうがいい。

唯一気になるのは、次のヒートが近いということだったが、薬を多めに飲んできたから大丈夫だろう。

(これが終わったら、また男を買うしかないか)

これもユアンが抱える矛盾のひとつだった。養成所のオメガを助けたいと思っているくせに、自分は発情期に男を買う。馴染みの男達は気に病むことはないと言ってくれているし、ユアンは彼らに対し暴行など働いていないが、そう簡単に割り切ることもできない。

(それは後だ。今は集中しないと)

ユアンは気持ちを切り替える。一番奥に、一際大きな建物が見えた。おそらくはあれが王宮だろう。玉座にあるレリーフも、きっとそこにある。

あの男も、今あそこにいるのだろうか。

「――馬鹿正直に忍び込むなんて、することもなかったか」

あの男に、番になると言ってやればいい。そうすれば、もしかしたらここに入れてくれたかもしれない。

そんな最低なことを考える自分にうんざりする。だが、仕事はやらなければならない。自らの目標のためにも。

ユアンは夜を待ち、里に近づいた。里の入り口には門番が二人立っている。ユアンは風向きを確認して、装備の中から革袋に入った粉末を取り出した。それを吸い込まないように注意しながら、吹き矢に詰め、門番がいるほうに向かって鋭く息を吹き込む。

様子を見ていると、やがて門番はふらつき始め、ほぼ二人が同時に昏倒(こんとう)した。

山に咲く特殊な花の根を乾燥させて作られた眠り粉だ。獣人に効果があるかどうか少し心配だったが、無事に効いてくれてよかった。できれば殺したくはない。

ユアンは眠りこける門番の側を通り過ぎ、里の中に入ると、ワイヤーを使って建物の階上に昇った。通りにはまだ歩いている者がいたが、人目を避け、屋根から屋根へと渡り歩く。どうにか見つからずに奥まで来ると、目の前の一際大きな建物――王宮を見上げた。それは背後の山の樹木と複雑に絡み合い、まるで自然と同化しているように見える。

今この中に、バルドはいるのだろうか。

ユアンは首を振り、王宮に忍び込んだ。内部は思ったよりも、人間の建造物に近い。

（よし、これなら――）

獣人達が人間と同じように暮らしているのなら、玉座の間も見当がつく。足音を殺し、気配を消して、奥へと進んだ。拍子抜けするほどに順調だった。

やがて大きな扉の前に辿り着いたユアンは、慎重に両手で押し開く。目の前には、鮮やかな色に塗られた玉座とおぼしきものがあった。その背もたれに嵌められた、複雑な紋様を描く石版。

（あれだ）

するりと身を滑らせて中に入り、玉座へと辿り着く。腰の後ろのナイフを抜くと、その切っ先をレリーフの端に食い込ませた。力を込めて、それを玉座から外す。レリーフはユアンの手の中にあった。手に入れた。後は退散するだけ。

（――――！）

その時だった。

「動くな！」

部屋の入り口に、獣人達が立っている。彼らはいっせいに矢をつがえ、ユアンを狙っていた。

「まあ、そうなるか！」

すんなり侵入できたのは、奥までユアンを引き入れて捕らえるつもりだったのだろう。それならそうで、一目散に逃げるだけだ。

ユアンは床を蹴り、ワイヤーを投擲する。窓を破って、外へと身を躍らせた。放たれた矢は、ナイフで払い落とす。

足の速さは、たとえ獣人相手にだって遅れをとらない自信はあった。

出口まで一気に駆け抜ける。あと少しという時、足元を鞭が叩く。それをすんでのところで避けて、目の前に立つ男を見た。

「バルド……」

目の前に立ちはだかる、獣人の王。外から差し込む光が逆光となって、彼の鍛えられた肉体のシルエットを浮かび上がらせていた。

「やっぱりお前がいたか」

どうしてもこの男を倒さなければいけないのだろう。ユアンはナイフを腰の鞘に戻し、代わりに銃を抜いた。

「遺跡の財宝が狙いか。誰からの依頼だ」

「……依頼人の名前は言っちゃいけない決まりになっている」

バルドはため息をつきたそうに首を振る。

「馬鹿なことを。それを置いていけ。今なら見逃してやる」

「それはできない」

ユアンは屹然（きつぜん）として言い放った。

「お前を倒して、これを持っていく」

その時、背後から獣人達が追いついてくる。

「バルド様！　その人間を——————！」

「手を出すな！」

彼は声を張り上げて獣人達を制した。その声に、彼らはぴたりと動きを止め、固唾（かたず）を呑んでこちらを見守っている。その様子に、バルドの絶対的なリーダーとしての力を感じた。

彼はまさに獣人の王であり、群れの絶対的なアルファだ。こうして対峙しているだけで、圧倒的な存在感がある。

だがユアンとてS級のハンターだ。本気でやり合えば、絶対に勝てる。そう思わないで、どうして命がけのハンター稼業などやっていけるだろう。

「本気なのか」

「いつもそうだと言っている」

「残念だな。俺と愛し合うのに本気になって欲しかった」

「————……っ黙れ」

この期に及んでそんな甘い言葉を吐いてくる男に、ユアンは苛立った。

自分の王宮の大事な宝を盗み出そうとするユアンに、どうしてそんなことが言えるのだろう。こんな時に甘い言葉をかけてくるバルドを、卑怯だとすら思った。

「ついでに、お前の首も獲ってやる」

けれどユアンは、自分一人だけが幸せになるわけにはいかないのだ。オメガの仲間をすべて助けなければならない。そのためなら、なんでもやる。

バルドはそんなユアンを前にし、短く息をついた。

「強情な奴だ」

ヒュッ、と鞭を振るう音がして、次の瞬間、バシッ、と床を打つ音がする。

「力尽くでわからせないと駄目みたいだな」

「やれるものならやってみろ」

次の瞬間、床が鋭く鳴った。次々放たれる打擲に身を翻しながら、ユアンは引き金を引く。壁や床に銃弾の穴が開いた。

バルドの鞭はユアンを捕らえようと執拗に追ってくる。それを素早い動きで避けながら、ユアンは銃弾を撃ち込もうとした。さすがにバルドは、こちらに攻撃の隙を与えない。

「……っ」

ためらっていては駄目だということか。

本気で殺すつもりでいかなければ、この男は仕留められないだろう。

「――くっ！」

その時、ユアンの胴にバルドの鞭が絡みついた。強い力で引かれ、ユアンは彼のところに引き寄せられそうになる。

「馬鹿が！」

そんなことをすれば、攻撃するチャンスを与えられたようなものだ。ユアンは銃口を彼の眉間に向け、その引き金を引こうとした。

――ドクン、と、身体の奥で何かが鎌首をもたげる。

「うあっ…⁉」

ユアンは息を呑みながらも、それがなんなのか瞬時に理解した。

始まったのだ。

(しまった…！　こんな時に)

急なヒートの始まりの合図に、身体がぐらりとバランスを崩す。それはほんのわずかの間だったが、バルドがそれを見逃すはずがなかった。

「っ……！」

首の後ろに重い衝撃が走る。

（あと、少しだったのに――）

ユアンの身体は動きを止め、バルドの腕の中にゆっくりと倒れていった。


――誰かが泣いている。

泣いているのは、最初は一人だった。それが二人となり、三人となり、そのうちたくさんの啜り泣きが頭の中をぐるぐると這い回っていた。

目を開けると、そこは見慣れた養成所の部屋だった。連れてこられたオメガの仲間達が、部屋の中で輪になっている。ユアンはベッドから起き上がると、仲間達のところに近づいていった。

「どうしたんだ」

「シオンが」

輪の中央に、誰かが倒れている。その側には、金色の髪をした少年がかがみ込んでいた。

床に倒れているシオンの身体には、縄で縛られた痕（あと）や、何かで傷つけられた痕跡（きずあと）があちこちにあった。

「客にやられたのか」

「うん」

シオンの側についていたのは、リンジーだった。彼は青ざめた顔で、乱れたシオンの髪を整えてやっている。シオンはもう、息があるのかもあやしいほどだった。腹のあたりが赤黒く染まっているのは、内臓から出血しているためだろう。

「――――……、っ」

シオンの、ひび割れた唇が微かに動いて、何か言葉を象（かたど）った。ユアンは思わず彼の側に跪（ひざまず）いて、その声を聞き取ろうとする。

「なんだ、シオン」

彼はもう長くはない。旅立とうとする者の言葉を、聞いてやらなければ。

ユアンは胸がぎゅっと締めつけられるような思いで、彼の口元に耳を近づけた。

「……あのね、ユアン」

彼は最後の力を振り絞るように囁いた。もう苦痛すら感じないのか、その表情にはうっすらと微笑（ほほえ）みのようなものが浮かんでいる。

「ユアンが……いつか……自由に、なったら」

不規則な呼吸がシオンの胸を上下させた。けれど、誰ももうしゃべるなとは言わない。

せめて思いのたけを吐き出してから逝って欲しいと、皆が思っている。

「お願い……みんな…を、たす、けて……」

「わかった」

ユアンは冷たくなりつつあるシオンの手を握った。強く握りしめた。

「絶対に、ハンターになってみんなを助けるから」

「うん……」

シオンの手が、ユアンのそれを微かに握り返したような気がした。そう思った次の瞬間、手に爪が立てられるほどに強く握られ、思わず息を呑む。

「しに、たくない」

カッと見開かれた目は、どこを見ているのかもわからない。

「しにたく、ないよ」

「――シオン……！」

名を呼んだ時にはもう、彼は事切れていた。周りで聞こえる啜り泣きがいっそう大きくなる。

リンジーが黙って手を伸ばした。ユアンの手を握ったままのシオンの指を、一本一本外していく。ユアンはそれを、呆然としたまま見つめていた。

「……」

ユアンの手の甲には、シオンの爪痕がくっきりと刻まれ、血が滲んでいる。それをじっと見つめた後、見開かれたままの彼の瞼をそっと閉じた。


「――――……っ」

ドクン、と心臓が跳ねたような気がして、ユアンは瞼を開けた。どこかのベッドの上に横たわっている。視界に入る部屋は、見覚えのないものだ。

「はっ……あっ！」

飛び起きようとしたが、腕を強く引っ張られて戻された。両手首に鉄の手錠が嵌められ、ベッドに繋がれている。

――そうか。俺は……。

先ほどまでの記憶が甦り、奥歯を嚙みしめた。あの時、これ以上ない最悪のタイミングで訪れたヒートによって、自分はバルドに負けたのだ。

身体の奥から、ずく、ずく、と覚えのある疼きが込み上げている。ただじっとしているだけでも息が乱れ、肌がしっとりと汗ばんできた。着ている服の感触ですら、過敏になった肌にはつらくなってきている。

「……っ薬」

早く抑制剤を飲まないと、大変なことになる。ユアンは首を巡らせてあたりを見回した。テーブルの上に、ユアンの装備が外されて置かれてある。その中に、抑制剤の入った物入れが見えた。だが両腕を拘束されてベッドに繋がれていては、取りにいくこともできない。

「……っく、ぅっ」

どうにかして外れないかと暴れてみても、鎖がガチャガチャと鳴るだけだった。動いたことによって、腰骨がじんじんと痺れる。快楽が脳にまとわりついた。

「あぅう…っ」

発情が押し寄せる。誰か抱いてくれと身体の芯が泣き叫ぶ。両腕を拘束されていなければ、とっくに自分で自分を慰めていた。このまま放置するつもりだろうかと、沸騰しかけた意識がひやりとする。それは、今のユアンには何よりも堪える拷問だった。

「――――気がついたか?」

その時扉が開き、男が入ってくる。声だけで、それが誰だかわかった。不安と、それ以上の安堵がユアンを包む。それが何よりも悔しかった。

「気分はどうだ」

彼はユアンの横たわるベッドの端に座り、覗き込んでくる。わかっているくせにそんなふうに聞くのだ。

「……っいいわけないだろう…っ」

潤んだ瞳で睨みつける。バルドはそんなユアンの視線を受け止め、ふ、と笑った。その酷薄そうな笑みに、嫌なものを感じる。

「運が悪かったな…。あのタイミングでヒートがくるとは」

「は、んっ！」

服の上から身体を撫で上げられて、思わず声が漏れた。けれどバルドはその一度だけで、ユアンに触れるのをやめてしまう。

「……っ」

はしたなくねだってしまいそうになり、唇を噛んだ。いつもは触るなと言っても強引に触れてくるくせに。

「誰の依頼だ？」

聞かれるだろうと思っていたことだ。ユアンはふい、とバルドから顔を逸らす。

「依頼人の秘密は守る。答えるわけないだろう」

「お前は玉座のレリーフを盗みに入った。それがどういうことかわかっているな」

バルドの声は、いつもと違う厳しさをはらんでいた。たとえユアンが相手でも容赦などする気はないのだろう。

「俺はここの王だ。里の宝を守らなくてはならない立場だ」

「……それなら、さっさと殺せばいいだろう！」

肉体の焦燥に追われて声を荒げると、ふいに身体の中を鋭い刺激が走った。バルドが、布越しに乳首を強く摘まみ上げたのだ。

「んぁあぁあんっ！」

「わがままばかり言うな」

「ひ、あ、あっ、〜〜っあぁぁあ……っ！」

服の上からカリカリと爪でひっかかれて、たまらない快感が全身に広がる。腰が浮いてしまい、ユアンはそのまま、あっけなく極めてしまった。喉を反らし、身体中をがくがくと震わせて服の中に吐精する。

「う、う…っ！」

「イったのか。もっと気持ちいいことをしてやろうか？」

その言葉に、頭がくらくらした。今のユアンはヒート中で、しかも抑制剤が切れかかっている。そんな時に彼に抱かれたら、いったいどんな快楽が待っているのだろう。味わってみたい。崩れかかっている理性の下から現れた本能がそう囁いている。

「俺の嫁になれ、ユアン。そうしたら許してやる」

「……っだ、れが…っ」

どうにか口では抵抗することができた。だが彼はそんなユアンの口を、罰するかのように自分のそれで塞いでしまう。

「んっ…、んぅっ、う……っ」

敏感な口の中に入り込んでくる熱い舌に粘膜を舐め上げられ、舌を捕らえられてしゃぶられ、ユアンはうっとりとして吸い返す。舌を突き出し、ぴちゃぴちゃと音を立てて絡ませ合った。口の端を唾液が伝う。それを舐め上げられてまたしゃぶられ、気持ちよさに腰がくねった。口づけだけでまたイってしまいそうだ。

「あまり聞き分けがないと、拷問するぞ」

「んん、あっ」

ねち、と耳に舌を差し入れられ、背中がぞくぞくする。

「ヒートのオメガにする拷問だ。どんなものかは、想像がつくだろう？」

「や、や…だ…っ」

そんなもの、今の自分には絶対に耐えられそうにない。けれど、彼の番となることも、情報を吐くこともできなかった。

――どろどろにされる。狂わされてしまう。

不安とおののき、そして確かな興奮が背筋を駆け抜けていく。バルドがユアンの下肢の衣服を引き下ろした。

「ああっ…！」

「こんなに出したのか。いけない子だ」

乳首を少し弄られただけで射精してしまったそこは、しとどに濡れている。バルドは次にユアンの上半身の服を思い切りたくし上げた。ふたつの突起は、刺激と興奮でぷつんと尖って硬くなっている。

「は、ア、ああ……っ」

「つらいか？　――そうだろうな。ヒートの真っ最中に、薬もなしだもんな」

「あ、あ……っ！　んん…っ」

脇腹を指先で何度か往復された。たったそれだけで、ユアンの身体はまた達しそうに感じてしまう。くすぐったくて、けれどそれ以上に気持ちがいい。無防備な腋の下のくぼみを優しく撫で回されると、意識が飛びそうになった。

「あっ、ひぃぃい…っ！　ふぁ、は、あぁぁあ…っ！」

「こうやって、ずっとくすぐってやろうか」

「あんんっ、やだ、いやだぁああ…っ！」

バルドの指先が、身体の弱い場所で踊る。ユアンは打ち上げられた魚のように身体をびくつかせながら、異様な快感に嬌声を上げ続けた。

バルドの指先が身体中を這い回り、敏感な部分を刺激する。そうでなくとも、今のユアンは全身がひどく過敏になっていて、たまらない。彼の指の動きひとつひとつにどうしようもなく感じてしまって、何度も背を反らして声を上げた。

（あ、あ……！　焦れったい……！）

彼の愛撫は、ユアンの弱点を的確に責めてくるくせに、決定的な刺激を与えてくれない。

「ん、ぅ、ふううう～～…っ」

それでもヒートが訪れている身体は、ほんの些細な刺激でも充分に達することができた。股間のものの裏筋をゆっくりと擦られ、その先端から白蜜がどくどくとあふれる。イってはいるが、腰の奥にはもどかしい熱が溜まる一方だった。

もっときつく責めて、思い切り出させて欲しい。

「あ、あ～～あっ！　そ、そこ…っ！」

朱く膨れた両の乳首をくにくにと揉まれ、くすぐられて、胸の先から身体中に甘い痺れが広がる。それと同時に先ほど生殺しの絶頂を与えられた股間も、もの凄く切なくなった。

「つらいか？」

「あ…あ、あう、あ、あ……っ」

身体の震えが止まらない。バルドとは何度も身体を重ねているから、ユアンの肉体がどんな状況なのかは手にとるようにわかっているはずだ。

そんな相手に、徹底的に生殺しにすると言われている。それがどういうことなのか、身体でわからせられてしまって、ユアンはその恐怖に晒されるしかなかった。

「い、やだ、バルド、こんな…の、あ、はぁあっ」

腰から脇腹をつうっ、と撫で上げられてしまい、背中が仰け反る。

「お前はそうやって可愛くねだれば、俺が手心を加えると思っているんだろう？　ずるい奴だ…。いつもならそうしたが、あいにくと今回は容赦してやれなくてな」

「ふ、ざけ…っ、お前が、容赦したことなんか、ないくせに…っ、あ、ああぁっ」

双丘の奥を指で押し開かれ、肉環をこじ開けられる快感に身を捩った。けれどその指は奥まで来てくれず、入り口のあたりを優しく擦り上げるだけだ。

「くう、う――――っ」

「今のお前には、こういうのはつらいだろう？」

入り口のあたりでくちくちと指が動く。時折もっと中に入る素振りを見せるが、それはすぐに引き抜かれてしまった。

「あ、ア、ひ、いや、あぁ、もっと…っ」

もどかしさに腰が浮く。与えてくれないことはわかっているのに、ユアンはバルドに哀願するしかなかった。

「意地を張るのをやめれば、奥まで悦ばせてやる」

「…っ、……っ」

それはひどく甘美な誘惑だった。仲間のことを忘れ、この男に身も心も委ねれば、蕩けるようなあの快楽を与えてもらえる。けれどそれは、彼らを裏切ることになるのだ。

「で、きな…っ」

あと、どのくらい耐えることができるだろう。オメガの本能が、この男と繋がりたいと訴えている。バルドの額にも汗の玉が浮かんでいた。アルファである彼には、ユアンから発するフェロモンは効いているはずだ。それなのに、彼は自らの欲望を抑えてまで、ユアンを焦らし続ける。共に苦しもうとしているのだろうか。

馬鹿な男だ。俺を責める方法なら、他にいくらでもあるだろうに。

「う、うっ、ああっ」

肉環の入り口で、指がくちくちと動く。アルファの男根を受け入れるための器官は、奥から濡れそぼち、愛液をあふれさせ、卑猥な音を立てた。

「なら、根比べといこうか、ユアン」

バルドの舌先が、痛いほどに尖った乳首をそっと舐め上げる。その狂おしい刺激に、どうしていいのかわからなくなった。

「ふあぁあ…っ」

彼の舌先は乳首をちゅるちゅると舐めた後、乳暈（にゅううん）をくすぐり、腹の筋肉をなぞっていく。

その度にぞくぞくしてしまってどうしようもなく、口の端から唾液を滴らせながら喘いでしまうのだ。

「あ…っ」

両脚を大きく開かされる。何をされるのか見当がついてしまって、きつく目を閉ざした。先端からずぶ濡れになってしまっているユアンのものの根元に、バルドの舌がそっと押し当てられた。

「あんんん…っ！」

びくん、と全身が仰け反る。根元から裏筋を優しく舐め上げられて、泣きたくなるような快感に襲われる。だが、もどかしくて仕方ない。いつもなら食われるのかと思うほどに口に含まれ、身体の芯が引き抜かれそうなくらい情熱的にしゃぶられるのに。

「あ、ア……っ、あっ、あっ」

この状態でイかされると、また身体の奥が切なくなる。それに怯(おび)えてバルドの愛撫から逃げるように腰を引くと、細い腰骨を掴まれて強引に引き戻された。

「逃げたらお仕置きだ」

「はっ、あ――…、あう、うっ」

根元を強く抑えつけられたまま、くびれのあたりを舌先でちろちろと虐められる。腰骨がじんじん痺れて、内股の痙攣が止まらなくなった。

「あ――…っ」

また、不完全な絶頂がユアンを襲う。体内で弱い快感が弾け、性感がとろ火で炙られた。おまけに後ろの浅い場所をさっきからずっと擦られ続けて、下腹の奥がうねりにうねっている。

「あっ、あっ、イくっ、イってる…のに、ああんん…っ」

とぷとぷと白蜜が零れる先端に軽く吸いつかれて、ちゅううっ、と啜られる度に腰が跳ねた。我を忘れて首を打ち振るごとに、ストロベリーブロンドの髪がシーツの上で音を立てる。

「……まだ素直にならないか？」

熱に浮かされたような意識の中に、バルドの声が聞こえた。ユアンがうっすらと目を開けると、潤んだ視界に彼の顔が見える。その表情まではよくわからないが、何故か彼のほうがつらそうに感じた。

「……っは、ぁ」

苦しい息の下で、ユアンはうっすらと笑う。すると体内の指が一度だけぐぐっ、と奥に這入ってきて、待ち望んだ刺激に貫かれた。ひとたまりもなく、続けてイってしまう。

「あぁああ…っ！」

喜悦の声を上げて果てるユアンのものから、びゅく、と白蜜が噴き上がった。もどかしさが少しだけ薄れて、恍惚の息をつく。バルドが舌打ちする気配がした。

「今のはサービスだ」

「はっ…、は…っ、もっと、サービス、しろよ…っ」

憎まれ口を叩くと、口をキスで塞がれた。これだけは手加減のない、執拗で濃厚な口づけだった。それだけでまたイってしまいそうになる。

「あまり聞き分けがないと、首を噛んで俺だけのものにしてしまうぞ」

「……っ」

両腕を拘束されている状態では、バルドがそうしようと思ったら抵抗する術がない。けれど、そんなチャンスはこれまでにも何度もあったはずだ。

「脅しても無駄だ…。お前は俺の同意なしに、そんなことしないだろう…？」

挑発するように見上げると、バルドは鼻白んだような顔をして、それから尖った犬歯を見せてニヤリと笑い返した。

「そんなに信頼してくれているとは、嬉しいもんだ」

まずい、と思った。ユアンは彼を本気にさせてしまったことを知る。

「それなら俺も、とことんつきあおうか」

「や…ちょ…っ、ま、まて…、いやだ」

「どうやらお前は、焦らされるのが好きらしいからな」

ユアンはバルドを煽ったことを後悔し、そしてこれから訪れる運命に本気で怯えた。

身体の中で、快感が渦を巻いて暴れている。何度達しても肉体の芯に絡みつく凝（こご）ったような熱はとれなかった。中途半端な絶頂ばかり与えられて、頭がおかしくなりそうになる。

「あ、あ…ひ、ああっ、もう…っ、あ、あーっ」

腋の下をぴちゃぴちゃと音を立ててしゃぶられ、両の乳首を指の腹でくにくにと捏（こ）ねられた。気持ちがよくて仕方ないのに、快楽がある程度までしかいかない。そんな状態でも無理やり達してしまうのは、ヒートだからなのだろうが、ユアンはこの時ほどオメガである自分の習性を思い知らされることはなかった。

「あ、ん…っ、ああっいい…っ、いいっ」

それでも快楽には違いなくて、ユアンは身体が感じるままに卑猥な言葉が口をついてしまう。啜り泣きを漏らしながら、上にいるバルドにねだるように腰を擦り付けた。

「――――クソッ！」

すると、バルドが唐突に鋭い声を漏らし、獣のように呻く。

次の瞬間、ユアンは両脚を抱えられたかと思うと、さんざん焦らされていた後孔に猛々（たけだけ）しい怒張を突き入れられた。

「ひ、――――〜〜っ！」

声にならない声が喉から漏れ、凄まじい絶頂がユアンを包み込む。待っていた奥の奥までもらえた充足感に、勝手に涙があふれた。

「――――う、ぐ…っ」

ユアンの媚肉に絡みつかれ、締め上げられたバルドが、まるで苦痛でも感じているような声を上げる。そうして彼は、これまでの遠回しな愛撫とはまったく違ったように、重く、深く、そして強くユアンを突き上げ始めた。

「ああっああっ！　ひぁああっ」

さきほどとはうって変わったような快感に揺さぶられ、ユアンは快楽の悲鳴を上げる。あまりに簡単に絶頂に達してしまって、今がイっているのかそうでないのかすらわからない。

一番好きな最奥の場所をごりごりと責められると、頭の中が真っ白になった。

「く、ひ――…！」

脚の付け根がびくびくと震える。

「ユアン――――、ユアン」

バルドが何度も名前を呼んだ。

キスして欲しい。そう思って顎を上げると、熱い唇で貪られる。舌を吸われて、下腹の奥がひくひくと収縮した。

「…まいった。俺の負けだ」

低く笑うような声が聞こえてくる。両脚の内股が引き攣れるほど大きく開かされて、最奥に熱の塊が打ちつけられた。何度も何度も。

「あっ、あっ！　あああぁっ、…っきもち、い…っ」

そう、これが欲しかった。この逞しいもので、たくさん満たして欲しい。

「あはぁあ、あうう…っ」

「かき回されるの、好きだろう？」

肉洞の奥を、凶器の先端で攪拌される。子を宿す器官が、男のものを欲して下がってきた。入り口をつつかれて、腹の中が甘く痺れる。

「くひぃいいぃ…っ」

それまで感じたことのない絶頂に襲われて、ユアンの全身が仰け反った。快感のあまり足の指がすべて開ききっている。その足を摑まれ、足の指までしゃぶられて、感極まって泣き出してしまった。

「あぁあぁ…っ」

「この腹の中に出してやる。お前にさんざん煽られたから、濃いやつがたくさん出るぞ。そうしたら、きっと孕んじまうかもしれないな？」

「あっあっやだっ…、できるっ…、妊娠、するっ」

肉体が、本能が、この男の子を孕みたいと叫んでいた。ユアンは奥歯を食い締めるようにしてかぶりを振る。

「あはぁ、やあああ…っ、きもちいい、よぉ…っ」

けれど淫乱な肉体が本能に抗うのは、ひどく難しかった。快楽には勝つことはできない。

ユアンは腰を振りたて、バルドのものを根元まで味わうように媚肉を絡みつかせた。

「いやらしいな。可愛い」

愛(いと)おしくてたまらないとでも言いたげな男の囁き。それを嬉しいと思うのは何故なのか、とうにわかっている。

「んん…っ、おっきぃ、あっ、バルドの、すき…っ」

「よしよし、もっと虐めて欲しいか?」

「あっ、虐めて、いじめて…っ」

「ふふ、こうか?」

小刻みな律動でぶち当てられて、ユアンは声も出せずに仰け反った。絶頂が身体を焼き尽くす。体内のものが大きく脈打って、男の射精が近いことを示していた。

「あふれるくらいに出してやる。お前の腹を、俺のもので満たす」

「あ、ア」

そんなふうに言われて、下腹の子をなす器官が疼くような感覚に襲われた。今度こそ本当に、孕ませられてしまうかもしれない。そしてオメガの本能を持つ肉体が、それが悦びなのだと訴える。

「いや、やだ、なか、出し…てっ、いっぱい出してっ、ああっ」

「どっちなんだよ」

息の荒い、笑いを含んだバルドの声。彼のものは入り口から奥へと、何度もユアンの肉洞を擦り上げていた。その度に燃えるような快感が腰骨を灼き、身体中を痺れさせる。

「く、ふう、イく、いくっ！　ああっ、あ――――っ、～～っ」

全身がバラバラになるような法悦に揉みくちゃにされた。繰り返し襲ってくるきつすぎる絶頂の波に、ユアンは泣き叫び、股間のものから白蜜を噴き上げる。背中を限界まで反らし、汗に濡れた肢体がびくん、びくん、とわなないた。

「く――――」

そして次の瞬間、バルドの熱い精が体内で弾け、しとどに注がれてゆく。悶える媚肉を飛沫で濡らされ、その感覚にまた何度も達した。

「ああ、ああっ、ああっ！　くぅ、う～～…っ」

余韻と呼ぶには激しすぎる感覚に、奥歯を嚙みしめて耐える。バルドの精で腹の中をいっぱいにされ、苦しくも甘い感覚に満たされていった。

「ふう……」

バルドは心地よさそうに腰を揺らしながら、ユアンの中に最後の一滴までも注ごうとする。アルファで、しかも獣人のそれは量がおびただしく、いつも入り口からあふれてしまうのだ。

「くる、し…っ、出し、すぎ…っ」

「お前があんまりにも煽るもんだからな」

目的を忘れているのではないかと、ユアンは非難がましく男を見上げる。

「……そんな顔をするな。俺の負けなんだから」

困ったような顔をして見下ろしてくるバルドから、ユアンはふいと目を背けた。鎖に繋がった手首をガチャガチャと鳴らす。

「…なら、これ、外してくれ」

「それはそれだ。いつもどこかへ飛んでいきそうなお前が、俺の下に繋がれて動けないというのは存外気分がいい」

そう言うとバルドは、ユアンの腰から脇腹にかけてをすうっと撫で上げた。

「ふぁっ…！　ぁんんっ」

何度も達して過敏になっている身体に、その愛撫は利きすぎてしまう。

「あっ…、さわ…るなっ」

「お前を見ていると、虐めたくなる」

指先で乳首を摘まれ、胸の突起が甘く痺れた。

「はぁっ…、んん、ああっ」

体内にはまだバルドのものが入っているのだ。彼はまだまったく萎えていなくて、挿入されているだけでもまたじわじわと感じてきてしまう。ユアンの口から恍惚としたため息が漏れた。

「ア、なか…っ、きもち、い」

「気持ちいいのか…？　また擦ってやろうか」

卑猥な問いかけに頭の中が霞む。本能がアルファであるバルドを求めてしまう。

「うんっ、んっ…、また、動いてっ、ずんずんって、し、て…っ」

快楽に容易く屈するオメガであるユアンを、男はどんなふうに見ているのか。いや、バルドだって、本能で抱いているに違いない。ユアンの発するフェロモンに惑わされているだけだ。

「んぅ、は、ぁあ…っ」

ずちゅん、という音と共に、バルドの腰が動き出す。たっぷりと中に注がれた精が肉洞の中で攪拌され、淫らに響いた。

「ア、あふ、んっ、ああっ、…乳首、い…っ」

同時に乳首を舌先で転がされて、腰から背中にかけてがぞくぞくとわななく。そっと歯を立てられたり、優しくしゃぶられたりすると、たまらなくなって腰を揺らした。そうすると中にいるバルドの男根で刺激されて、ますます追いつめられてしまう。

「は、あああぁ…っ、あうっ、あぅぅう…っ」

ひっきりなしに喘いでいると、また口づけで唇を塞がれて息すら奪われた。いつ終わるともしれない交歓の中、ユアンは確かに、この男が自分のアルファであることを思い知らされたのだった。


ガチャリ、という音がして、鎖が外される。自由になった手首よりもずっと同じ体勢を強いられていた肩のほうがつらくて、ユアンは顔をしかめつつそこをさすった。

「痛むか?」

大きな手がユアンの肩を摑み、優しくさすってくる。その温かさに、思わず小さな笑いが漏れた。

「なんだ?」

「俺を拷問するんじゃなかったのか。発情したオメガなんて、セックスで責めればちょろいだろ」

「そのつもりで責めたが、お前は耐えきったろ。俺が我慢できなくなっただけだ」

「――――…」

バルドはそう言うが、あと少し責められていたら、ユアンもどうなっていたかわからない。実際にその後は痴態を晒してしまったし、バルドもその気になればユアンの口を割らせることはできたのではないかと思う。

「……優しい男の振りをするなんて、卑怯だ」

「心外だな。俺は優しい男だぞ？　お前に対してはな」

「……図々しい」

ユアンが拗ねたように唇を突き出して言うと、バルドは軽く笑って、その唇に口づけてきた。

「まあ、だいたいのところは想像がついていたからな。養成所のロンディだろう。お前に玉座のレリーフを盗み出せなんて言ってきたのは」

「――――…」

「奴は昔からこの山にある遺跡の宝を狙っていた。俺の首に賞金をかけたのもそいつだ」

「そこまでわかってて、俺の口を割ろうとしていたのか？」

「お前がいつまでも意地を張っているからだ」

「意地って……！」

思わず顔を跳ね上げて男を見上げた。ひとつに束ねているピンク色の髪がすっかりほどけて、肩に乱れかかる。

そんなユアンを見下ろし、バルドは告げた。

「昔から、俺はいつでもお前の側にいたいと言っていたつもりだ。お前が屋根から降ってきた時、これが俺のオメガなのだとわかった。お前はまだ年端もいかなくて、気がつかなかったみたいだがな。だが今はもうわかってるんだろう？」

「……」

ユアンは唇を噛む。わかっている。バルドは間違いなく、ユアンの運命の相手だ。どんなに意地を張ってみせても、それが変わることはない。

「……仲間、が……」

「うん？」

これまで胸に秘めてきた理由を言うために、ユアンはためらいがちに口を開いた。バルドはその言葉を聞こうとして、耳を傾ける。

「養成所の仲間と、約束した。俺がハンターになって金を稼いで、あいつら全員をあそこから助けてやるって。死んだ奴とも」

「……お前が一人で？」

「無茶な約束だって思うだろう？　けど、あいつらには、そんなわずかな希望でも意味があるんだよ。そして俺は、それを破れない。一人だけ幸せになるわけには……」

「俺の首を獲ってこいと、そいつらに言われたのか？」

「それはもうずっと前から言われている。俺の力が足りなくて、あいにくと遂行できていないけどな」

「……仲間を盾にされているというわけか」

「笑えるだろ？　Ｓ級だなんだともてはやされていたって、実際はただのオメガの立場から抜け出せていない」

ユアンは自嘲し、言葉を途切れさせた。こんなのは自分らしくないだろうか。けれどユアンは、皆が口を揃えて言うほど強いわけではない。一人で戦うのはつらい時だってある。でもそんなことは考えてはいけないとずっと我慢してきた。

――――けれど、せめて誰かが、側にいてくれたなら。

――――いや、駄目だ。仲間達はあそこで屈辱の日々を送っているのに。

そんな葛藤を、繰り返す毎日だった。

なのにこの男は、そんなユアンの心を乱してくる。一人で立とうとしているのに、その足場が崩れそうになる。だからずっと、この男が嫌いだった。

バルドはそんなユアンを見つめて、しばらくの間黙っていた。何か言って欲しい。こういう沈黙は苦手だ。

「――――俺から、ひとつ提案がある」

やがて彼は、言った。

「お前が盗もうとしたレリーフ、あれが遺跡の入り口を開く鍵だというのは知っているな」

「……？」

バルドが何を言い出そうとしているのかわからなくて、ユアンは怪訝そうに頷いた。

「俺と一緒に、その遺跡に行こう」

「……は？」

「あそこには、確かに多くの宝が眠っている。価値がつけられないほどだと聞いている。その宝は王である俺が好きにしていいものだ。それをお前にやろう」

「な……！」

突拍子もないことを言い出すバルドに、ユアンは言葉を失ってしまう。

「何言ってるんだよ!!」

「仲間を助けたいんだろう？　それなら金が必要だ。あの遺跡には、養成所のオメガをすべて買い受けても有り余るほどの財宝がある」

「……俺に施しをする気か？　ふざけるな」

彼の同情をかって助けてもらおうなどという気はない。だがユアンが気色ばんでも、バルドは表情を変えなかった。

「盗むのはよくて、与えられるのは嫌なのか？　違いがよくわからんが」

「俺が自分でなしたってことが重要なんだ。一緒にするな」

「よく考えろユアン。養成所のロンディの言いなりになっているのと、お前を大事に思う俺の言うことを聞くのと、どちらがお前のプライドを尊重し、仲間にとっていいことなのか」

「――――っ」

バルドの言うことはあまりに正論だ。ユアンはぐっ、と言葉に詰まり、血が昇りかけた頭を冷やそうと努める。思い出せ。自分がどうしてここまで来たのか。くだらないプライドなぞ、どうでもいい。

「いくつか、確認したいことがある」

「いいぞ」

「俺の仲間を解放したとして、お前にはその後のヴィジョンがあるのか」

ユアンはこれまでずっと答えの出なかった問題を彼に打ち明けた。養成所から自由になっても、それで終わりではない。彼らはその先の人生を生きていかねばならない。誰もがユアンと同じようにハンターになれるわけではないのだ。

「ここに来たらどうだ？」

だがバルドは、こともなげにそう言った。

「俺達獣人は、オメガだからといって差別したりはしない。歓迎する」

「……何が望みだ」

そんなにあっさりと居場所を提供されるとは思ってもみなくて、逆に裏があるのではないかと、ユアンはつい疑ってしまうのだ。

「何も。強いて言えば、獣人とオメガは相性がいい。お前達のヒートに、獣人は充分に対応できる。それは知っているだろう？」

この身で嫌というほど思い知らされていることだ。顔が熱くなるのを感じながら、ユアンは小さく頷く。

「俺はお前の役に立ちたい。好印象を与えて、あわよくば番になってもらいたい。その程度の下心があるというのは、隠しはしないがな」

「……」

ユアンは私情を排除して、この状況における正しい判断を模索した。それはハンターとして狡猾に振る舞えというモットーに則ったもので、自分の意地やプライドなどはこの際放っておく。

「……わかった。お前と組む」

　バルドはニヤリと笑って、ユアンの前に掌をかざした。その仕草に、少し顔をしかめながらも、バルドの手に自分の掌を打ちつける。パン、という乾いた音が響いた。協力関係を結ぶ時の、ハンター同士の合図だ。

「そうと決まれば、もう少し仲良くしようか」

「わっ！」

　いきなりバルドの膝の上に抱え上げられ、ユアンは驚いて声を上げてしまう。その拍子に、さんざん中に注がれた男の精があふれてきて、内腿を伝った。

「漏らしたら駄目じゃないか」

「む、無理だ……こんなの…」

　少しでも性的なことを仕掛けられると、今のユアンはすぐに抗えなくなってしまう。ちらりと俯くと、天を仰ぐバルドの逞しいものが視界に入った。ユアンはそれだけでもう、身体が再び熱くなり、それを体内で味わいたいと欲してしまうのだ。

「そら、こいつはお前のものだぞ、ユアン」

「ああっ」

　双丘の狭間をバルドの男根で擦られる。後孔がひくひくと蠢き、早くそれを咥え込みたいと訴えていた。

「また挿れて欲しいか？　たっぷりと可愛がってやるぞ」

「っ、あ――――……っ、いれ、て、ほし…っ」

先端で肉環の入り口をぐりぐりと刺激されるだけで、下半身全体がじん、と痺れてしまう。ユアンが必死に腰を降ろそうとしているのに、バルドは両手でユアンの腰を掴み、その強い膂力で制していた。

「あんっうっ、お、おねがいっ、おねがいっ、もう、欲し…っ」

パクパクと開いたり閉じたりを繰り返す肉環から、白濁したものがしとどに零れて、凄まじく淫らな光景になっている。

「バルドっ…！　ね、何しても、いいからあっ…！」

自分が何を口走っているのかわからず、ユアンは男のものを欲した。

「……っまったく、普段からその半分も素直だと助かるんだがな……」

バルドが小さく笑いながら、何かを言っている。そうして軽く口づけられたかと思うと、ユアンの肉環に熱いものが押しつけられた。

「あ、ひ」

ぶわっ、と全身が総毛立つ。それはずぶずぶと音を立てながら、ユアンの肉洞に挿入っていった。

「んぁあぁぁあ」

根元まで到達しないうちに、ユアンは極めてしまう。泣きながら白蜜を噴き上げ、身体中をがくがくと揺らした。

「…っきもちぃっ…、なか、熔けるう…っ」

「……ああ、俺も熔けそうだ」

ほんの少し動いただけでも、どうにかなりそうな悦楽が襲ってくる。感じすぎてしまって、もうそれ以外のことは考えられない。

もう、なるようになるしかない。

ユアンは半分やけくそになりながらも、本能に引きずられ、身体が望むままに快楽を貪った。

突然視界が開けたかと思うと、そこは深い深い渓谷になっていた。底を覗くが、一番下がどうなっているのかよく見えない。ただ轟々という水の流れる音だけが遠くから聞こえてきた。

「向こうを見ろ」

バルドが対岸を指し示す。そこはユアン達がいる側よりも険しい山が聳えていた。

「……左側の斜面に何かあるな」

「さすがだな」

一望しただけでは見落としてしまいそうな木々の中に、手が加えられたような跡を見つけた。その勘のよさが、ユアンをS級のハンターに押し上げた要因のひとつだった。ただ腕が立つだけでは、目当てのものは見つけられないのだ。

「あの中に、獣人の遺跡がある。古代の獣の王が隠した財宝もあの中だ」

「へえ……」

ユアンとバルドは、鍵となるレリーフを持って遺跡へ共に向かった。里の者達に反対されるのではと思ったが、彼らは王であるバルドが決めたことだとわかると、不承不承ながらも頷き、旅の支度を整えてくれた。そこには、人間の世界とはまた違う理のようなものがあるのだろう。バルドが彼らに何かを説いていたようだが、その内容までは知るよしもなかった。人間のユアンを番にし、さらには多くのオメガを受け入れるなど、ふたつ返事で承諾できるようなことではないと思うのだが。

「で、どうやって行くんだ?」

向こう側にある山の斜面との間には深い谷がある。そこには岩のようなものがいくつも突き出ていて、足場にできるのはそれくらいだ。装備しているワイヤーでどうにかいけるかと目算をつけていると、ふいにバルドが足を踏み出した。

「――――え」

バルドの輪郭が突然揺らいだかと思うと、急にぐるん! と一回転する。いったい何が起こったのかと瞠目するユアンの前で、男は本性の姿を現した。

獣人の本来の姿。彼らは普段、人の姿をとって暮らしているが、同時に獣でもある。

そしてその獣人の王であるバルドの獣の姿は、黒く巨大な狼だった。びっしりと生えた黒い毛皮はつやつやと輝き、逞しい四肢は大地を踏みしめている。両腕に入っている刺青のような紋様と同じものが、反転した形で前足に白く浮き出ていた。

「……すごい」

素直に畏怖のような感情が、思わず口からついて出る。目の前の獣は、美しかった。力というものを具現化したなら、こんな存在になるだろうか。

バルドは一度大きく身体を震わせたかと思うと、琥珀色の瞳でユアンを見た。

「ここからは、この姿のほうが都合がいい」

のそり、と獣が動く。バルドは谷から離れるように距離をとった後、それをただ見ていたユアンに告げた。

「乗れ」

「え？」

「俺の背に乗るんだ」

ユアンはその言葉に、少しばかり嫌な予感がした。

「……本気か？」

「そのほうが早い。俺も、お前のことを心配せずに済むしな」

なんだか軽く見られたようで、ユアンは少しばかりムッとした。だが、バルドにそんなつもりがないのはわかっている。あの地形ならどう考えても獣人のバルドのほうが向いている。

ユアンは肩を竦めると、軽く跳躍して獣の背に飛び乗った。ふかふかの毛並みに包まれた、どっしりとした体軀（たいく）の熱が伝わってくる。

「乗り心地は悪くないな」

「お望みなら、いつでも乗せてやる。人の姿をとっている時でもな」

色めいた軽口に、ユアンはバルドの背を叩いた。ぐるぐると喉が鳴り、笑うような気配が伝わってくる。

「しっかり捕まっていろ」

「ちょ、ちょっと待っ……、うわっ！」

獣が急に走り出し、ユアンは慌ててバルドの胴に捕まった。疾走する感覚は、彼が地を蹴ったことによって、空を飛ぶようなものに変わる。風が身体を包んだ。

「――――っ」

眼下には深い谷。ここから落ちれば、命などいくつあっても足りないだろう。だがバルドは、狭い岩の足場から足場へ、迷いのない動きで飛んでいく。飛んでみてわかったが、岩場にはワイヤーをひっかける場所などなく、通常のユアンの装備では渡れなかっただろう。ここが、人を拒む獣人の場所なのだと痛感した。

バルドは危なげなく谷を渡りきり、対面の山に着地した。

「おい、バルド……！」

背中から降りようとするにも関わらず、バルドはユアンを乗せたまま、さっさと山の中に分け入ってしまう。

「降ろしてくれ」

「このほうが早いと言ったろう？　ここから先は、道なんかないぞ」

人がほとんど来ない場所なのだろう。そこには獣道しかなかった。ユアンは息を吐いて、バルドの背に座り直す。

「重くないか？」

「冗談だろう？　猫でも乗せているようだ」

せっかく気を遣って言ったのに、またそんなふうにからかわれた。ユアンは憤慨して、さっきよりも強く獣の背を叩いた。


ぱちぱちと火の爆ぜる音が小さく響いていた。すぐ側には滝があり、豊富な水を湛えている。

バルドはこの土地をよく知っているだけあって、野営に最適な場所も心得ていた。今は人の姿に戻った彼を、ユアンはちらりと横目で見る。

炎に照らされた、男らしく整った顔立ち。その顔がこちらに小さく笑いかけるのが好きだった。

（――――？）

今何を考えたんだと、ユアンは一人で焦ってしまう。

この男は賞金首で、いつかは狩らねばならない。だがそのことに本当に意味があるのかと、ユアンは思うようになっていた。

ロンディの言うがままに動いて、それで本当に仲間達を助けられるのだろうか。

(――――皆で獣人の里に、か)

それも悪くないかもしれない、とふと考えて、自分がかなり絆(ほだ)されかけていることに気づいた。

「ユアン」

名前を呼ばれて、ユアンはびくりと肩を震わせる。バルドがこちらを見ていた。

「明日には遺跡につけるだろう。今日はもう休んだらどうだ」

「あ、ああ……、汗をかいたから、水を浴びてくる」

ユアンは立ち上がる。これ以上ここにいたら、考えていることを見透かされてしまいそうだった。

洞窟を出て、滝に出る。落差はさほどない小さな滝は、水場としては充分すぎるものだった。髪をとき、衣服を脱いで水の中に入る。心地よい冷たさにユアンはため息をつき、上から落ちてくる水で全身を洗った。

そろそろ上がろうかと思っていると、急に背後から腰を抱かれる。滝の音で、気配に気がつかなかった。

「あ…っ！」

「どうして一緒に入ろうと言ってくれないんだユアン。つれないな」

「こら、離せ…っ」

「裸のお前がすぐ側にいるのに、おとなしくなんてできるわけないだろう？」

「……子供みたいなこと言うなよ」

呆れたように言うと、バルドは笑って、ユアンの脚の間に手を回してきた。優しく掌で包み込まれて、腰がびくりとわななく。バルドの手は、水の中だというのに熱かった。

「は……っ」

男の肉体から立ちのぼるフェロモンに包まれ、身体の芯が熱く疼き出す。バルドもまたユアンのそれに反応しているのか、尻に硬いものが押しつけられた。力が嘘のように抜けていく。

「んん、ん……！」

顎を摑まれ、後ろを向かされて、唇を奪われた。舌根が痛むほどに強く吸われたかと思うと、舌だけをぴちゃぴちゃと絡ませ合う。淫らな口づけは、頭の芯から興奮させた。

「気持ちよくしてやる」

バルドは水場の縁に腰を降ろすと、斜面のようになっているそこに背中を預け、ユアンの腰を引き寄せる。

「な、に、あっ…！」

するど、ちょうどユアンの股間が彼の顔の前に位置するような体勢になってしまい、恥ずかしさに思わず顔を紅潮させた。けれど、そんなユアンにお構いなしに、バルドは脚の間のものを、ためらいもなく口に含んでしまった。

「あぁあぁぁんっ」

鋭い快感が腰を突き上げる。鋭敏なものが大きな口に食われ、肉厚の舌が絡みついてくる。

「あっあっ、ひぃい…っ」

腰骨が灼けつくようだった。バルドのねっとりとした舌先が、特に感じる部分を執拗に舐め上げてくる。ユアンは彼の黒髪に指を絡め、桃色の髪を振り乱して仰け反った。

「あ、はぁ、い、いぃ…っ、そ、んなに、舐めたら…っ」

先端に吸いつかれ、音を立てて吸われると頭がおかしくなりそうになる。摑まれた腰をびくびくと震わせ、ユアンはバルドの口の中で精を吐き出した。

「ん、んう――〜〜っ」

射精の瞬間に、じゅうっ、と音がするほどに吸われ、神経が焼けるかと思うほどの快感が襲ってくる。目尻に涙が浮かんだ。バルドの喉がごくりと上下し、ユアンが放ったものを飲み下す気配がする。

「相変わらずお前の精は甘露のようだな」

「……それ、絶対に気のせいだから……」

息も絶え絶えに反論すると、バルドはニヤリと笑い、舌を突き出してユアンの裏筋を舐め上げてきた。

「あっ、また…っ、ふあ、ア、ああ」

「ここが好きだろ？　それからここも……」

「う、ううっ！」

舌先で弾くように裏筋からくびれのあたりを虐められ、ユアンは我慢できずに背中を反らせた。後ろに倒れそうになって慌てると、バルドが腕を摑んで引き戻してくれる。けれどほっとしたのもつかの間で、その手が双丘に回って尻を押し開いてくると、ユアンはぎくりと肢体を強張らせる。指が二本、ゆっくりと肉環をこじ開け、中に入ってきた。

「あ、あ――――…っ」

前を舐められ、後ろを指で責められて、快感のあまり涕泣してしまう。肉洞の中で指がバラバラに動き、媚肉をいやらしく刺激された。そこはすぐに濡れそぼち、愛液を大量に滴らせる。

「濡れやすくて可愛いな」

「う、るさ…っ、ああ、ああっ、んんう…っ！」

前と後ろを同時に責められて、おかしくなりそうだった。水に浸かっているというのに、肌から汗が噴き出してくる。

「あっイくっ、あっあっ、……んぅぁぁあぁ…っ！」

ユアンは容易く達してしまい、二度目の絶頂に腰を揺らす。達しても愛撫は止まらず、快楽にうねる媚肉は執拗に捏ね回された。

「あっやだっ、お尻ほじるのやだあっ」

中で小刻みに揺らされ、耐えられずに、ユアンは淫らな言葉で哀願する。

「お、おくっ、奥まで、欲しく、なるから…っ」

ユアンの後ろからずるりと指が引き抜かれた。がくりと頭を項垂れて荒い息をつくと、バルドの両手で腰を掴まれ、彼の胴の上に座らせられる。

「自分で挿れてみろ」

「――」

思わずバルドを見つめ返すと、彼はユアンを見て満足そうに目を細めた。

「俺を乗りこなしてみるといい」

「……っ」

ユアンの顔がカッと熱くなる。昼間、獣の姿の彼の背に乗ったように、まぐわいでもやってみせろと言っているのだ。

「もう…っ、最低だ、お前…っ」

悪態をつきながらも、それでもユアンは肉体の欲求に逆らえない。腰を上げると、バルドのものがいきり勃っているのが見える。それは筋を浮かせながら、水の中から突き出ていた。

（これ、欲しい）

ユアンは衝動に耐えられず、自らの腰をゆっくりとその怒張に降ろしていく。先端が肉環をこじ開け、太くて硬いものが中に押し這入ってきた。

「んぁ、あぁぁうぅんっ」

肉洞をいっぱいにされる、泣きたくなるような快楽と充足感。それらに全身を包まれて、ユアンは恍惚に表情を蕩かせた。

「あ、は…あっ、は、這入って、くるう…っ、あっ、おっきい…っ」

思う様動いて中を刺激したいのに、感じすぎて力が入らない。ユアンが縋るようにバルドを見下ろすと、彼は苦笑するように笑って、ユアンの頬を撫でた。

「動けないか？」

「…む、むり…、これ、挿入ってるだけで、感じて…っ」

バルドのどくどくという脈動が媚肉に響いて、それだけで下腹の奥が愉悦で痺れる。

するとバルドはユアンの腰を摑むと、下から強く突き上げた。

「ふあぁああっ」

脳天まで快感が突き抜けてくる。そのまま立て続けに何度か打ち込まれて、ユアンはたちまち絶頂寸前まで追い込まれた。

「ひっ、ひうっ、あっ！」

水音と、息遣いと、淫らな喘ぎがあたりに満ちる。仰け反ったユアンがふと目を開けると、群青色の空に星が散りばめられているのが見えた。けれどそれを美しいと思う間もなく、次の律動が突き上げてくる。

「あっ、はっ、あ――っ奥っ……！　おく、すご、いっ……！」

「ここをぐりぐりして欲しいんだろう？」

凶器の先端で弱い場所を抉られて、酷なほどの快楽が押し寄せてきた。

「あうう、う――っ」

気持ちいい。もうこの気持ちよさ以外、何も考えられない。

喘ぐユアンの遙か頭上を、一筋の星が尾を引いて流れていった。

近づいてみると、それはただの小高い丘のようにも見える。

けれど周りに施された控えめな装飾と並ぶように立てられた柱が、そこが意味をもって造られた建物だということを示していた。

「……ここが？」

「ああ。獣人の遺跡だ」

バルドはレリーフを取り出し、遺跡の入り口らしきところに近づいていく。そこには、扉の継ぎ目のようなものは見当たらず、土と蔦にまみれていた。だが壁に微かに何かをはめ込むための跡のようなものが見られる。バルドはそのくぼみに、レリーフをはめ込んだ。

しばしの間は、何も起こらないかのように見えた。

しかし数分後、ふいに地鳴りのような音と振動が響いてきた。それはどうやら目の前の壁から起こっているようだった。扉も何もないと思っていた壁が、下から徐々に上り、その向こうに暗がりが姿を現す。

（……これが、獣人の遺跡……）

遺跡の入り口が開く一連の様子を、ユアンは息を呑んで見守っていた。やがて音と振動がおさまり、入り口がぽっかりとその口を開けて二人の前に姿を現した。

「よし、行こうぜ。中には魔物もいる。気をつけろよ」

「わかっている」

足を踏み入れると、中はしん、と静まりかえっていた。

「これは…、壁自体が発光しているのか？」

「そうだ。暗い場所で光る塗料を塗ってある」

中の空気は冷たく、どこか黴(かび)くさい。遺跡特有のものだった。内部から地下へと階段が続いていて、バルドとユアンは緩やかに続くそれを降りていく。途中で何度か魔物に遭遇したが、ユアンの銃とバルドの鞭で、問題なく突破していった。

「獣人の宝というのは、いわゆる金銀財宝というやつなのか？」

「ああ、そうだと聞いている。けど、真の宝はもっと他にある。俺はそいつを取りに来たんだ」

「真の宝？」

「獣人王の真の宝を持ち帰ること。それがお前達オメガを迎えるにあたっての条件だ。その宝は獣人にとってシンボルであり、それを手にした王は繁栄をもたらすと言われている。だから俺はそれを手にして、お前を里に迎える」

「……バルド」

彼は本気でユアン達オメガを引き受けるつもりで、試練に立ち向かおうとしているらしい。そのことに、ユアンの胸の奥がぎゅっと摑まれたようになった。

「俺のためにそんなことをするつもりなら、どうかしている」

「俺の首を狙っているんだろう？　そっちのほうが、俺としてはまあ、困るんだがな」

痛いところを突かれて、ユアンは言葉を失った。けれど、自分は今でもバルドの首を獲りたいと思っているのだろうか。

もしも本当に彼がオメガ達を救済してくれるというのなら、ユアンはロンディに従う理由はなくなる。つまり、バルドの首を獲らなくてもいいのだ。

――そうなったら、俺はこの男に対して、どんな態度をとればいいというのだろう。

これまでは彼に惹かれつつも、いずれ殺さなくてはならないという気持ちがブレーキとなり、どうにか表面上は抑制していられた。だが、それがなくなったら。

「――あ」

それを考えた途端、突然身体の底からぶわっ、と何かがあふれそうになった。衝動にも似た強い感情に心と身体を支配されそうになり、ユアンは慌てて押し留めようとする。それにはけっこうな努力を要してしまい、足元が一瞬ふらついた。

「どうした」

先を行くバルドが振り返り、どこか様子のおかしいユアンをうかがう。彼の目線をまともに受けてしまい、心臓が早駆けをしたあとのように高鳴った。

「な、なんでも、ない。少し足元が悪いから」

遺跡の中が薄暗くてよかったと思う。きっと今の自分は、みっともないほどうろたえた顔をしている。

「そうか。気をつけろよ。手を引いてやろうか？」

「いるわけないだろ。俺だってハンターだ」

そう、ユアンは、全体で何人もいないと言われるS級のハンターだ。それなのに、こんなに取り乱してしまうなんて、情けない。

たかが恋で。

ユアンはその感情の正体をわかっていた。けれど、身体の発情と違って、恋には抑制剤などというものはない。

――――厄介なものだな。

肉体のコントロールが利きにくい分、せめて心だけはと思っていたのに。

「そうだ。お前、気をつけろよ」

「大丈夫だと言ったろう」

「そうじゃない」

バルドは何やら真面目な顔でユアンに向き直った。

「この遺跡はな、アルファとオメガの両方が揃わなくては攻略できないようになっている」

「……それで？」

「だが、遺跡はオメガのフェロモンに反応し、トラップを仕掛けてくるらしい」

「そんなもの、大抵のものには対応できる」

宝のある場所には、たいがいにおいてトラップや番人などが用意されているものだ。その種類は様々だが、ユアンはこれまでのミッションにおいて、それらをクリアしてきている。攻撃型か、あるいは防護的なものか。場合によって変わりはするものの、そこにはある一定のパターンが存在し、それを見極めれば対処は決して難しいものではない。

だがバルドは、そんなユアンをじっと見つめた。動揺するから、そんなに見ないで欲しい。

「……そうだな。お前なら大丈夫かもしれんな。だが、くれぐれも油断するなよ。お前がトラップにひっかかると、俺も心穏やかじゃない」

「わかっている」

何をそんなに心配しているのか、バルドはしきりに気にしていた。自分はそんなにハンターとして信用できないのだろうか。

「お前の力量を軽んじているわけじゃない」

バルドはそう言ったが、ユアンは少々不満だった。

どのくらい降りただろうか。その階層に降り立った時、あたりの空気が変わったのをユアンは感じ取った。バルドもそれに気づいたようだ。

「……バルド」

「ああ、何かあるな」

例のトラップだろうか。この、産毛が総毛立つ感じ。ユアンは反射的に振り返ると、銃を抜いて引き金を引いた。背後から迫ってきた斧のようなものを打ち砕く。

やはり、攻撃のトラップが仕掛けられていたか。

ユアンはふう、と息をつき、バルドに向き直った。

「大丈夫だ。もうトラップはな――」

「ユアン、後ろだ！」

ヒュ、と音がしたかと思うと、ユアンの両腕に何かが絡みついた。続いて両脚が捕らえられ、何が起こったのかもわからないまま、身体が宙に持ち上げられる。

「しまっ…」

二段構えのトラップだったか。

気がつくと、周りをうねうねと蠢く触手のようなものに囲まれていた。それは次々に身体に絡みついてきて、衣服の中に潜り込んでくる。

「はっ、あ…っ！」

「ユアン！」

下からバルドが叫ぶ声が聞こえた。

「そいつを解除する装置がどこかにあるはずだ。探してくるから、待ってろ！」

「え、いや…っ、ちょっ、待てよ！」

こんな状況で、いなくならないで欲しい。焦ってバルドを呼び止めるも、彼は迷いなく走ってどこかへ行ってしまった。その間にも、触手がユアンの肌を犯してくる。

「ああ、やめ…ろ、このっ…！」

せめてナイフに手が届けば。そう思って腰の後ろに手を伸ばそうとするが、触手に捕えられた腕は頭の上に持ち上げられてしまう。

ぬめぬめとした感触のそれは、表面にみっしりと小さなイボのようなものが生えていて、ユアンの素肌を擦っていった。胸の突起をざらりと擦られて、身体に稲妻のような感覚が走る。

「うう、ああ」

それは明らかに、ある目的を持ってユアンの身体を這い回っていた。

(冗…談じゃない)

こんなモノに嬲られるだなんて。

おそらく魔物の一種なのだろうが、獲物を捕らえて快楽で狂わせ、精気を吸い取って死に至らせるものがあるとは噂で聞いていた。

どうにかして逃れられないかともがいてみたが、触手の拘束が緩むことはない。それどころか、全身の肌を舐めるように犯され、敏感な肉体を持つユアンは力が入らなくなるのを感じた。

「んん、やあっ、乳首…ぃっ」

極細の触手が胸の突起に絡みつき、根元を締め上げてくびり出す。そしてずくずくと脈打つ乳首を弾くように他の触手が責める。

「あっあっ、ああっ！」

人の舌や指で愛撫されるのとはまた違う、異様な感覚が全身を駆け抜ける。そればかりではなく、無防備に晒された腋の下や脇腹まで舐め上げられ、ユアンはくすぐったさと快感に悶えた。

「あはぁあ、ああっ、ひっ、あっ！　んんうう…っ」

これがオメガに反応するトラップ？　いったいどうなってしまうのだろう？　そしてバルドはどこに行ってしまったのか。

「あああ、あぁ——っ」

柔らかい腋の下の肉をじゅううっと吸われて、ユアンは耐えられずに仰け反った。その間にも下肢の衣服にまで触手が潜り込み、大事な部分を目指してくる。

「あ、は、いやだ、そこ、そこは…っ」

ユアンの抵抗もむなしく、それは器用に服を脱がせて、脆(もろ)い場所が剝き出しにされた。

まるで獲物を見つけて喜ぶような動きで、いくつもの触手が股間のものに絡みついてくる。

「あぁあんううっ」

腰骨が一気に熔けていくような快感に襲われる。何本もの触手が、根元に絡みつき、裏筋を舐め上げ、幹を扱き、先端をくじってくる。

「ひ、ひぃ…っ、ああ、うんんっ！　あっ、あぁっ！」

びくん、びくん、と腰が跳ねた。ユアンが反応を示すところを見つけては、執拗に刺激を与えてよがらせてくる。

「ぅあ、あぁああぁ……っ」

無理やり絶頂に追い込まれ、ユアンは背中を仰け反らせた。

「あっ、あっ、バルドぉ…っ、んん、あああっ」

達しても続けられる淫靡な触手の動きに、ユアンはこの場にいないバルドを呼んだ。そしてその声に反応するように、触手の動きが変わる。吐精して白蜜をあふれさせる先端の小さな蜜口に、細い触手が群がった。

「はっ、ひっ⁉」

最も鋭敏な場所のひとつをくちくちと弄られて、ユアンは短い悲鳴を上げる。

「や、やめ、そこっ…、そこは、やだっ！」

ただでさえ感じやすいそこは、達したばかりということもあって、ほんの一撫でされる

だけで声が出てしまう。それなのに、まるで中に這入ろうとでもするように抉られて、頭の中に白い火花が散った。

「うあ、ああ、ああっ」

(中に、這入って……?)

気のせいではない。こいつらは、明らかに中に這入ろうとしてきている。

ユアンは涙に濡れた瞳を見開いた。怯えが体内に走る。

「く、ひ…っ、んう、あああっ!」

狭い精路を犯された時、信じられないほどの快感が襲ってきた。身体の芯が引き抜かれるようなそれに、ユアンの下肢がぶるぶると震える。絶頂にも似た感覚が間断なく込み上げてきて、宙に吊り上げられた身体が不規則な痙攣を繰り返した。

「あ…っ、あ…っ、いや、あっ、いく、イく…ううっ、あ、うあ、ひっ! う、動かさ、ない…でっ」

触手が精路の中でほんの少し動くだけで、全身に痺れるような快感が走る。ずっと達しているような感覚は、いっそつらいほどだった。

「あ、あ…ひぅ、っ」

仰け反った肢体が、びくっ、びくっ、とわななく。そんなユアンの後ろに、新たな触手が襲いかかろうとしていた。

「――っ、んっ、ん――…っ」

今にも肉環をこじ開けようと、触手達がくちくちとそこをくじる。後ろまで犯されたら、本当にどうなってしまうかわからない。

こんな時、オメガは弱いと思う。どんなに腕が立っても、快楽で責められれば抗えない。悔しさに涙が滲む。

「く、そ…っ」

いよいよ挿入れられそうになり、歯嚙みしたその瞬間、急にすべての拘束が解け、ユアンは宙空から落下した。

「あ、え…っ」

無防備な身体が、床に叩きつけられる。そう思った瞬間、逞しい腕に抱き留められた。

「…っ！」

「無事か、ユアン」

ユアンはバルドの腕の中にいた。咄嗟に上を見ると、今までユアンを犯していた触手達が炎に包まれている。

「な…？」

何が起こったのかわからずにバルドを見やった。

「遅くなってすまなかった。やっとトラップのスイッチを見つけて、解除してきた」

「……あれは、やっぱりトラップだったのか…？」

ユアンが呆然としながら呟く。

「そうだ。捕獲対象のオメガを嬲り、精気を吸い取るためのものだ」

バルドはそう言うと、ふとユアンの格好を見下ろしてきた。服は胸の上まではだけ、下肢の衣服もかなり乱れている。慌てて整えると、彼はなんとも複雑そうな表情を浮かべた。

「……どこまでやられた？」

「バカっ！」

ユアンはバルドの頭をはたきつける。

「お前が遅いから…っ！　ひどい目に遭わされた！」

「ひどい目？」

彼はユアンに叩かれたことなど、毛ほどにも感じていないようだった。かなり本気で殴ったのに。

「ひどい目とは、どこまでだ。挿入れられたのか」

ずいっ、とバルドが身を乗り出してくる。顔の近さに、思わず言葉を失った。改めて見なくとも、この男はひどく魅惑的だ。そんな男が、ユアンを番にしたいと言っている。

その事実はユアンをひどく戸惑わせ、様々な感情を運んできていた。

「う、後ろは……どうにか大丈夫だった」

「なら、どこが大丈夫じゃなかったんだ」

「え、と…、それは」

もう顔を覆ってしまいたかった。

「ま、前…」

「前？」

恥ずかしくて死にそうになる。

「前の、孔…に」

バルドは最初は何のことだかよくわからなかったようだが、やがて得心がいったらしい。

ふいに意地悪そうな顔になると、服の上からユアンの股間をぎゅっ、と摑んできた。

「ふああっ」

「ここを、この濡れやすい可愛い孔を許したのか。あんな魔物に」

さんざん嬲られてひどく過敏になっているそこを摑まれ、やわやわと揉まれて、飛び上がりそうな程の快楽が込み上げる。

「俺ですらまだそこを可愛がっていないというのに」

「やっ、ア…っ、お前、へん…っ」

「何が変だ」

「だ、だって俺、別に初めてじゃない…のに…」

ユアンはハンターになる前は男娼として養成所にいた。不特定多数の男に身を委ねる毎日だったのだ。だから、今更彼がユアンの初めてにこだわる理由がわからなかった。もしも初なオメガがいいのなら、自分は彼の相手としてありえない。

「――――なんだお前、そんな可愛げがあったのか」

バルドの指先が目尻に触れる。いつの間にか涙ぐんでいたらしい。自分のそんな反応にぎょっとして身を引くと、力強い腕で引き寄せられた。

「お前が過去に何人の男に抱かれようと構わない。最後に俺のものになればいい」

「バル、ド……」

「俺の可愛い淫乱ピンク。早く俺の番にしてしまいたい」

「な、なんだそれ、変な呼び方するなよ」

ユアンに調子を取り戻させるためにそんなふうに言ったのだとわかって、乱暴に涙を拭った。いつものユアンにならなければ。ここは、宝さがしの現場だ。

「早く進もう」

ユアンは立ち上がり、先へ進み出した。

「宝はすぐそこだ」

遺跡の最深部には、入り口と似たような造りの扉があった。おそらくここが、財宝の眠る場所なのだろう。

「開けるぞ」

扉の横には、入り口と同じようなへこみがあった。するとバルドが後ろから腕を伸ばしてきて、そこに別のレリーフを嵌める。カチリ、と音がして、目の前の扉がゴゴゴ…、という音を立てながら開いた。

ユアンはバルドを振り返る。

「レリーフは二枚必要だったってことか？」

「そうだ。入り口のレリーフだけでは、ここは開けられない」

バルドの得意げな顔を、思わず憎たらしく感じた。ということは、もしもあの時玉座のレリーフだけを盗み出しても、依頼の遂行は不完全だったろう。それでは、ロンディにどんな難癖をつけられるかわからない。

「さあ、入るぞ。財宝はこの中だ」

どこか釈然としないものを感じながらも、バルドについて部屋の中に入る。中は思ったよりも広かった。中央にへこみがあり、そこにいくつもの箱が並んでいる。

「トラップは？」

またあんな目に遭うのはごめんだった。横目でじろりとバルドを見やると、彼は涼しい顔で箱を開ける。

「ないはずだぞ」

さび付いた箱の蓋が開いた時、ユアンは眩しさに思わず目を眇めた。薄汚れた箱の中から現れたのは、ユアンがこれまで見たこともないほどの金や銀の塊、宝石、宝飾品。そして、その中には。

「――アンゼライトじゃないか……！」

それはこの世で最も希少な鉱石と言われているものだった。磨かれ、カットされたものは王族ですら容易に手に入らない。また、武器に使われれば、岩さえ穿つほどの強靱な硬度を誇るものができた。それが箱の底にいくつも無造作に転がっている。

「――すごい」

こんな宝があるなんて、想定外だった。

「こいつがあれば、お前の仲間を助けることができるだろう」

バルドはアンゼライトの原石を何個か拾い上げ、袋の中に入れた。それから宝石と、宝飾品をいくつか見繕う。

「行くぞ」

「え、もう!?」

ユアンは思わず声を上げる。彼はまだ、たったひとつの箱しか開けていない。

「これは遙か昔からの王達が積み上げてきた財だ。大事に使う義務が俺にはある」

そう言われてしまうと、ユアンは何も言えなかった。ハンターとしては、もっと豪快に持ち帰りたい。後ろ髪を引かれる思いで部屋を後にした。

（けど、これでリンジー達を助けることができる）

今のユアンには、それが一番大事なことだった。

帰り道は、あの忌まわしいトラップは発動せず、バルドとユアンは順調に入り口近くまで戻ってくることができた。視界に、四角く切り取られた光が見える。あそこが出口だ。

次の瞬間、バルドが何かに反応して足を止めた。ユアンも異変を感じ、武器に手をかける。

「――――どうやら、待ち構えていたらしいな」

バルドが唸るように囁く。

「ロンディ……」

「ご苦労だったな、ユアン」

遺跡の入り口に、ロンディが立っていた。周りには武装した男達もいる。おそらく傭兵（ようへい）だろう。

「つけてきたのか」

「獣人どもに見つからないルートを探すのにずいぶん苦労したよ。だが、お前達が入り口を開けてくれたおかげで遺跡に入ることができた」

「お前達はここに入ることを許されていない。即刻立ち去るがいい」

バルドが牙を剝き出して威嚇するように告げた。だがロンディは意にも介さない。

「忌々しい獣人どもめ。お前らがこの山の主だとでも思っているのか」

「この土地は古くから我々のものだった。後から来たのはお前達のほうだ」

大勢の武装した男達を前に、バルドは一歩も引かない気概を見せる。彼は獣人の王だ。歴代の王より誇りと力を受け継ぎ、里の者を守る使命があるのだ。

「ユアン、お前はどうする」

ロンディに水を向けられ、ユアンはハッとする。

「お前はもちろん、俺達の側につくだろう？　昔から面倒を見てやったもんなあ」

「――――」

ロンディは、自分がオメガ達の命運を握っているのだと考えているのだ。仲間達を盾にすれば、ユアンは命令をきくのだと。

けれど、ユアンはもうわかっていた。彼にとって、オメガは商売の生命線だ。そう簡単に始末できるはずがない。

「――――俺はもう、お前達の言うことは聞かない」

ユアンは自分の気持ちに気づいてしまった。たとえそれが、遅すぎたものだとしても。もう本当の意味で自由になるべきだ。愛したい人を愛し、守りたい人を守る。

「俺は俺の言うことを聞く」

ユアンは銃口をロンディ達のほうに向けた。男達がいっせいに武器を構える。ロンディは顔をしかめ、理解できないと言いたげな顔でユアンを見下ろした。

「――恩知らずが。男に足を開くのが一番得意なくせに、いい気になるな」

バルドの前で下卑た言葉で罵倒され、ユアンは小さく息を呑む。相手の挑発だ。まともに受け取るな、と言い聞かせても、かつての日々が甦る。

好きでもない男に抱かれ、それでも快楽を得てしまう身体。

「お前をハンターにしたのは、もしかしたら間違いだったかもしれんなあ。何しろ、養成所にいた時のお前は、誰よりも男をくわえ込むのがうまかった。まったく、儲けさせてもらったよ。今からでも遅くない。お前を捕らえて、娼婦に逆戻りさせてや――」

ロンディは最後まで言葉を発することができなかった。

バルドがその鞭を振るい、ロンディの鼻先をしたたかに打ち据えたからだった。

ロンディはぎゃふ、という意味不明の声を上げ、後方へ大きく吹っ飛んだ。壁に背中をぶつけ、ずるずると滑り落ちていく。彼の顔は、鼻血で真っ赤に染まっていた。

「おっとすまない。手が滑った」

凍り付いているユアンの前で、バルドはしれっと告げる。

「あんまりにも汚い音が聞こえるもんだから、てっきり蠅が群れているのかと思ってね」

「な…な…な…」

ロンディは血に染まった鼻を押さえ、わなわなと震えていた。度肝を抜かれたように固まっている傭兵達に、腕を振り回すようにして命令する。

「殺せ、殺せ！ ――ユアンは、生け捕りでなくとも構わん！」

ロンディは再びユアンを捕まえ、男娼として働かせるつもりだ。いくらユアンがハンターとして名を馳せても、ロンディの中ではユアンはまだ無力で淫らなだけのオメガなのだろう。

そんなはず、あるわけがないのに。

ロンディの周りにいた男が二人吹っ飛ぶ。ユアンの両手の銃が火を噴いたのだ。それが戦いの始まりの合図だった。

バルドが姿勢を低くして、疾風のように突っ込んでいく。彼の振るう鞭がたちまち周りにいた男達をなぎ倒した。剣で斬りかかってくる者に対しては、その拳や蹴りで地面に沈めていく。力強い戦い方は、まさしく獣人の王だった。

ユアンのほうにも男達が襲いかかっていた。人間と戦う時は大抵そうなのだが、彼らはユアンの細く美しい外見から、その実力を甘く見ている場合が多い。今回も、ご多分に漏れずそうだった。

「がっ！」

側にいた男の一人が、ユアンの足に顎を蹴り上げられる。ユアンはそのままその男の肩を足場にして飛んだ。くるりと半回転して、逆さまの状態で引き金を引く。

すると、男がまた二人倒れた。

二人の戦いぶりに、ロンディは鼻を押さえたまま壁に背を押しつけ、目を白黒させている。バルドのほうさえ抑えてしまえば容易いと思っていたらしいが、そのバルドがどうあっても抑えられない。彼は今も、三人まとめて男達を階段の下に突き落としていた。普段バルドが武器として使っている鞭は、今はなりを潜めているが、いざとなると素手のほうが戦いやすいのだろうか。

「――――さあ、これでお前の味方はあらかたいなくなったぞ」

バルドが、パンパンと手を叩き、ロンディに向き直った。ユアンはロンディに銃口を向けて詰め寄る。

「もうお前と取引する必要性も感じない。オメガ達を解放しろ」

もっと早くにこうすればよかったのかもしれない。今日まで引っ張ってきたのは、ユアンの弱さゆえだ。だがバルドの存在が、ユアンに力を与えてくれた。今なら、仲間達との約束も果たせる。死んでいったシオンや、サリア達のためにも。

「……ふん」

まだ顔を血で汚したままのロンディは、それでも往生際悪く笑った。

「ユアン、お前はハンターとしてちょっとはやれてると思っているだろうが、俺にしてみればお前はまだまだ世間知らずのガキだよ。獣人なんかとつきあっているから、人間の汚さってものをわかっていない」

「そんなもの、お前を見ていればわかる」

「それはどうかな？　――悪党は俺だけじゃないぜ」

ロンディがそう言った時、ユアンはふと嫌な感じを覚えた。次の瞬間、バルドがユアンを引き寄せ、その背中で庇う。彼が低く呻く気配を、ユアンははっきりと感じ取った。

「――バルド！」

「ああ、無事か、ユアン」

彼の右腕を何かがかすったらしい。壁に刺さっている矢を見て、ユアンは息を呑んだ。刃状になっている矢は、毒や麻酔薬が塗られていることが多い。案の定、バルドの身体が、ぐらりと揺らいだ。

「バルド……、バルド！」

「…は、麻酔か、これは…。目がちかちかしやがる」

ざまあない、と彼は自嘲した。こんなことがあるはずがない。彼はユアンを庇い、代わりにその刃を受けたのだ。

「だから言ったろう、ユアン」

ロンディのおかしそうな声が聞こえて、ユアンがそちらに目をやると、入り口から新たに増援が入ってくるのが見えた。その中の一人が、少し変わった形の弓を構えている。あれがバルドに麻酔を打ち込んだのだ。

「心配するなユアン。人間の麻酔は、俺達には効きにくい」

だが、まったく影響がないとは言えないのだろう。バルドの身体が、少しふらついている。

「今度こそ終わりだな。――――かかれ」

増援部隊がいっせいに二人に襲いかかってきた。ユアンは負傷したバルドを守りながら必死で応戦する。そしてバルドは、麻酔の影響がないとはいえない身体で、信じがたいほどの戦闘力を見せた。咆吼を上げながら襲ってくるもの達を摑み、拳で殴り、蹴りつける。けれどその体力の消耗は明らかだった。ユアンも、誰かを庇いながら戦った経験は少ない。二人は次第に追いつめられ、足場のない崖へと追いつめられていく。そこは暗く、下がどうなっているのか見えない深さだった。だがこれまで昇ってきた高さを考えると、落ちたら命はないだろう。

「どうやら、ここまでみたいだな」

バルドと背中合わせになり、ユアンはそう呟いた。

「こんなところで終わりだなんて」

仲間との約束が果たせない。そう考えるとひどく悔しかった。ごめん、みんな。俺は何の役にも立たなかった。

バルドは何も言わない。こんな時くらい、何かを言って欲しいのに。

「さあ、もう後がないぞ。観念しろ」

ロンディがまるでひねりのない悪人の台詞を言ってくるが、ユアンの胸には何も響かない。

「でも、お前と心中なら嫌じゃないかもしれない」

死ぬ時は一人なのだと思っていた。でも、彼と一緒に逝けるのなら、人生の終わりとしてはまあまあ悪くないのかもしれない。

「バルド……？」

彼の声が聞きたくて、ユアンはそっと背後に声をかける。だが、ようやっとバルドから返ってきた答えは、思ってもみないものだった。

「――ごめんだな。俺はお前と一緒に死ぬつもりはない」

「――え」

彼は、自分と終わりを迎える気はなかった？

「な……っ」

あれだけ抱いたのに。ユアンが死への旅路の供では不満だというのか。

思わず振り向いたユアンは、同じくこちらを向いていたバルドと視線が合う。彼はにっ、と笑うと、その腕にユアンを抱いて、暗い空間へと身を投げ出していった。

――お前、言っていることとやることが全然違うじゃないか。

悪態をつきつつも、ユアンの意識はそこで途絶えてしまった。


ふと目を開けた時、ユアンはそれまでとは違う空間にいることに気づいた。

身体を包む、ほんのりとあたたかな空気。部屋は明るく、静寂に満ちていた。目の前には扉があり、それは硬く閉ざされている。

(――高いところから落ちたはずなのに)

自分の身体のどこにも傷がないことに気づく。手脚を動かしてみても、特に痛みは感じない。

「ここはいったい…？」

そこでユアンは、唐突にバルドのことを思い出した。慌てて彼の姿を探すと、少し離れた場所に、黒い大きな狼が倒れているのに気づく。

「——バルド！」

駆け寄ったユアンは、そっと黒狼の様子をうかがう。胸に耳を当ててみると、獣の少し速い鼓動がしっかりと聞こえてきた。ほっと息をつく。すると、バルドの身体がぴくりと動いて、その大きな身体がのっそりと起き上がった。

「怪我はないか、ユアン」

「ないよ。…ていうか、戦闘で負った傷も消えているんだけど……」

どういうわけだ、と言いかけて、ユアンはバルドが麻酔を塗った刃で怪我をしたことを思い出し、ハッとした。

「お前、大丈夫か？　傷は？」

「ああ、俺も消えている。麻酔の効果を抜くのに、本性に戻る必要があったみたいだな」

彼らは深刻なダメージを負った際など、回復を促すために獣型に戻る。そしてどうやらこの部屋には、受けた傷を治す効果があるのだそうだ。

「この部屋に入るには、あそこから落ちてくるしかない。その時のダメージを治すためだろうな」

バルドはそう言うと、前脚のあたりを舐める。そこには艶やかな毛並みがあるばかりだった。彼は顔を上げ、鼻をひくひくと動かしながらあたりを見回す。

「しかし、ここが…そうか…」

「この部屋はなんなんだ？」

「王の宝の部屋だ」

バルドの答えに、ユアンは瞠目した。

「さっきの部屋がそうじゃなかったのか？」

「あれは宝物庫や金庫みたいなものだ。真の宝は、この先にある」

バルドが鼻面を向けた先には、ぴっちりと閉ざされた扉があった。鍵穴や取っ手なども見当たらず、どうやって開けるのか見当もつかない。ユアンは部屋の床と、扉を交互に見た。部屋の中央には薄桃色をした丸い紋様が描かれていて、そこから扉へと線を引っ張るように模様が伸びている。

「……こういう扉って、ここで何かを行わないといけないってやつじゃないか…？」

「さすがS級ハンターだな。謎解きの力も一流だ」

「からかうなよ。…で？　何をすればいいんだ？」

「協力してくれるのか？」

「そりゃ、ここまできたらするしかないだろ。大抵のことはしてやるよ」

この部屋にあるのは目の前の扉だけだ。となると、この扉を開けなければ出口もないと見ていいだろう。

「こんな場所で餓死なんて、ぞっとしないからな」

「さっきは俺と死んでくれる気まんまんだったじゃないか」

「あれは、そうするしかない状況だったからだ！　…それに、お前は俺と死ぬの嫌なんだろ」

ユアンはぷいとそっぽを向く。拗ねるなんて、我ながら子供じみているとは思ったが、仕方がないではないか。

「……」

「まあ、死なないとわかっていたからなあ。それに、俺はお前のことは生かしたい」

そんなふうに言われてしまって、ユアンは赤くなった顔を隠すようにバルドに背中を向けた。

「…それで？　何するんだ？」

「ああ、それじゃあ服を脱いでくれ」

「……は？」

ユアンはすぐにまたバルドに向き直る。狼の彼の表情は人の時ほどよくわからないが、少なくとも冗談を言っているようには見えなかった。

「なんで…？」

「お前とまぐわうんだよ。この手じゃ服を脱がせてやれないからな」

「なんで⁉」

いよいよ真の宝を入手するという時に、何故そんなことをしなければならないのか、意味がわからない。だが、バルドは言った。

「その円の中で、アルファとオメガが交尾すると、そのエネルギーが模様に沿って伝わり、扉が開く」

「う、嘘…」

「ちなみに出口ももちろんその扉の中だからな。まぐわって気を満たさないと、出られない」

「なんだその仕掛け…」

ユアンは目眩を感じた。そんなふうに真面目に説明されてしまうと、今更ながらに恥ずかしくなる。

「獣人てのはいったい何考えてるんだ」

「さあな。だが、考え方はシンプルだろう。身体を繋げ、子をなすことは生命においての基本だ。俺達はそれを第一に考えている」

「……」

そう言われてみると、一理あるような気がしてきて、ユアンはためらいつつも装備を外し始める。

「…あいつらは？　ここへは来ないだろうな？」

「万が一間違って落ちてきても、ここへは王と王のオメガしか入れない。普通に死ぬだけだ」

「……わかった」

こんな明るい部屋で。

恥ずかしくて手が震えそうになるが、ユアンはバルドの前で衣服を脱ぎ始めた。何度も見られている裸なのに、彼の視線を感じると肌が熱くなる。きっとユアンのわずかな身体の変化も、すぐにわかってしまうだろう。

最後の一枚を脱ぎ捨てて、ユアンは円形の模様の中に座った。バルドが近づいてきて、鼻先をユアンの顔に近づける。

「…ちょっと待て」

「なんだ」

「人の姿に、ならないのか？」

「この儀式は、王が本性で行う必要がある」

太い前脚を肩にかけられ、ユアンの身体が床の上に倒れた。そのまま覆い被さろうとしてくる獣に慌てて手をかけて制する。

「ま、待ってくれ、ちょっと…！」

いくらなんでも、人間の身体は獣と交わるようにはできていないのではないか。そんな不安を思わず表してしまうと、バルドは琥珀色の瞳でじっと見つめてくる。

「大丈夫だ。この姿でも、ちゃんと気持ちよくしてやる」

彼はぺろりとユアンの頬を舐め、すりすりと頬を擦り合わせてきた。そうして次の瞬間、バルドの身体からぶわっ、と湧き上がる強いアルファのフェロモンに、ユアンの肉体はたちまち反応する。

「う、あ、卑怯……っ」

目の前に迫る狼の口元が、ニヤリと笑ったように見えた。


「…っあ、うぐ…っ」

ユアンは必死になって、口の中に入れられた獣のバルドの大きな舌を受け入れようとしていた。

おそらくこれは口づけなのだろう。だが口の形が圧倒的に違いすぎるために、こんなふうになってしまう。

「ん、う、あっ…！」

口の中で大きな舌が動き回っていた。敏感な粘膜を舐め上げられる刺激に、身体がびくびくと反応してしまう。ユアンの口の端からは、どちらのものともしれない唾液が、幾筋も伝っていた。

「く…っ、ふぅ…あっ」

そんな状況に、ユアンは次第に興奮を覚える。口の中を犯されているような感覚に、自分も応えようとして恍惚としながら顔を傾けた。

「あ、ひあっ…！」

その舌で胸を舐められ、乳首を押しつぶすように刺激され、強い快感が駆け抜ける。すぐに硬く尖った突起を何度も転がされると、たまらなかった。

「あ、は、あ……んんっ」

人の姿のバルドは、ユアンの快楽の高まりをよく把握して、時に焦らしてコントロールする。けれど獣のバルドはそんなことはお構いなしに、強烈な刺激を与え続ける。

「あ、く、うう…、う」

ぴちゃぴちゃと音を立てながら、バルドの舌が降りていった。次の瞬間、双丘の奥から股間にかけてを強く舐められ、ユアンは背中を反らして嬌声を上げる。

「ひ、ひぁああっ」

前と後ろをほぼ同時に責められて、耐えられない快楽に襲われた。

「もっと舐めてやるから、自分で脚を持って開いていろ」

「は、あ、はあっ…」

命じられるままに、恥ずかしい姿勢をとる。脚を開いてめいっぱい剝き出しになった恥ずかしい場所を、獣の舌でねっとりと舐め上げられた。

「うう、あ、あう…ううんっ、つ、強いっ…、ああっ」

「逃げるな」

後孔から裏筋、先端にかけてを舌で虐められるような愛撫に我慢できず、思わず腰が引けてしまう。それを許されずに、さらに舐められ、腰ががくがくとわななき始めた。

「ひ、ひぃ…ああっ」

「気持ちいいか?」

「あ、い、いい…っ、感じ、すぎ…っ」

下から上にぬるんっ、と舐められる度に、びくびくと腰が跳ねる。先端の蜜口からはもう透明な愛液があふれ出てどうしようもなかった。無意識にもっとよく舐めてもらおうとして、ユアンの両手は自分の恥ずかしい部分を最奥まで押し広げる。

「いい子だ」

獣の舌が巧みに動き、ユアンの特に弱い部分を執拗に刺激した。びくんっ、と上体が反り返り、下半身に不規則な痙攣が走る。

「あっ、あっ、あっ！」

そのまま下肢から蕩けてしまいそうに気持ちがいい。下腹の奥がきゅううっと引き絞られて、まるで男を誘うように何度も尻が振り立てられた。

「あっ、あっ…ひっ、い、イく、いくぅうぅ……っ！」

まるで泣き叫ぶような声を上げて、ユアンは絶頂に達する。股間のものからどぷっ、と音を立てて白蜜が弾けた。

「あ、あ——っ、あ——…っ」

それで終わるわけがなく、股間や下腹に飛び散る白蜜を残すまいとバルドが舐め取ってくるので、ユアンは過敏になったものを容赦なく刺激される快感に耐えなくてはならなかった。啼泣が漏れ、時折ひっ、という声が混ざる。

「う、ふぅ…うっ」

身体がじんじんと痺れていた。ふと気がつくと、自分達がいる円形の模様から扉に続く線が、途中まで濃い桃色に染まっている。もしかして、扉の模様すべてがその色に染まった時に扉が開くのかもしれない。そんなことをぼんやりと思った時、バルドの鼻面で身体をひっくり返された。

「あっ」

「腰を上げてくれ」

その指示に、ユアンは腰だけを高く上げて、彼の前に尻を差し出す。すると、脚の間を、また獣の舌で舐められた。

「ふううんっ」

ヒクつく後孔を、熱いものが擦っていく。双果の裏から会陰まで一緒に責められて、立てた膝ががくがくとわなないた。肉洞があやしくうねって、早くここを犯して欲しいと訴える。

「あ…ああ……くうぅ……」

腹の中がずくずくと疼いた。時折強い快感が走って、身体の芯が痺れるように熱くなる。おそらく、軽く達しているのだ。それなのに、まだバルドは挿れてくれない。

「あ、あ、もう、いれ…っ、入れて、欲しい…っ」

桃色の光は、扉のすぐ下まで辿り着いていた。けれどもユアンは、もうそんなことはどうでもよかった。今すぐこの身体に、雄の楔(くさび)を打ち込んで欲しい。

背後で獣が呻く声がする。するとユアンの両肩に、バルドの前脚がかかった。肉環をこじ開けられ、獣の男根が突き立てられる。

「んぁあぁあぁ」

歓喜の悲鳴が上がり、ユアンの脚の間のものから白蜜が迸り出(ほとばしで)た。挿入だけで達してしまった肉洞はびくびくと震え、バルドのものに絡みついては締め上げる。

「あっあぁあぁあっ、す、ごい、これっ……！」

人間のそれとは違う、獣の男根。形状の異なるものが、ユアンの淫乱な媚肉を貫き、抉り、捏ね回してくる。それがよくてたまらない。

「これからだぞ」

だが、バルドがそう言った途端、ふいに中のものがびきびきと変形していった。肉洞で膨れ上がり、ぎっちりと内部を埋められて、ユアンは目を見開いて息を呑む。

「あ、ア……！」

「ふっ…、これでもう、しばらくは抜けんぞ」

後ろを完全に埋められたままで、バルドが小刻みに腰を揺すってきた。目の前がちかちかするほどの快感を与えられて、ユアンは髪を振り乱して喘ぐ。結っていた紐がほどけて、桃色の髪が床に広がった。

「あっ、あっ！　そん…な、ふあっ、ああんんっ！」

普通の時でも奥まで届くそれは、今は形を変えユアンの弱い場所をこじ開け、容赦なく蹂躙（じゅうりん）してくる。

「ここが、好きだろ？」

「あっ、やっそこっ…！　そんな、イく、すぐイくぅう…っ！」

その場所は、男根の先端が当たっているだけでも身体が勝手に震え出してしまうのだ。

内股はさっきからずっと痙攣していて、止まらない。ユアンがイってもイっても、バルドが終わる気配はなかった。背中を舐められ、ぞくぞくとした感覚が全身に走って、思わず仰け反る。

「ゆ、許し、もう許して…っ」

「…まだだ。もう少しがんばれ」

桃色の光は扉に到達して、中央の位置まであと少しというところに迫っていた。ああ、まだあるんだ、と思った瞬間、最奥の弱い部分をごりごりと抉られる。

「――…っ、あぁああ――～～…っ」

正体がなくなるほどの絶頂が全身を包んだ。肉洞の中に、バルドの精がおびただしいほどに叩きつけられる。それは何度も繰り返され、ユアンはその度に激しい極みを味わされた。


「……ユアン」

大きくて温かい人の手が頬を撫でていく。その心地よさに、ユアンはうっとりと目を開けた。

「目を覚ましたか」

「…バルド…」

彼は人の姿に戻っていた。抱き起こされ、バルドが指し示した方向に目をやる。

「見ろ」

扉が開いていた。その奥は薄く靄がかかっていて、よく見えない。

「開いたのか」

「ああ、お前ががんばってくれたからな」

ちゅ、と音を立てて、頬に口づけられる。バルドはやけに優しくて、くすぐったい思いだった。けれど、思えば彼はいつも優しい。これまではユアンが目を背けていたからわからない振りをしていただけで、バルドは出会った時から優しかった。

「早く宝をとってきたらどうだ」

「その前に、お前に約束を取り付けないといけないからな」

「約束？」

「何度も言っているがな。俺の番になってくれ。お前と一緒になりたい」

「……」

「俺の妻になってくれるだろう？」

「……俺でいいの」

素直じゃなくて、生意気で、口だって悪い。清らかに生きてはこなかったし、そんな自分が獣人王の伴侶になどなれるのだろうか。

「最初に会った時から、可愛くてしょうがなかった。いっそ食ってしまいたいと思った。離したくない。ずっと抱いていたい。俺の精が尽きるまで」

どんなにユアンが拒んでも、バルドはこうして恐れもせずに求愛してくる。

「そろそろ覚悟してくれ、ユアン」

「……もう覚悟しないといけないだなんてな。なんか悔しい」

「そう言うな。大事にするから」

「うん、知ってる」

そう言って小さく笑うと、ユアンの指にバルドが指を絡めてきた。

「俺のこと、嫁さんにしてくれるの？」

「何度もそう言っているだろうが」

お前は俺の運命の番だ。そう囁かれて、伏せた睫が震える。もう、一人で生きていかなくていい。

「じゃあ、行くか」

「待って、俺、服……」

「いいだろう。俺しかいないんだから」

バルドに手をとられ、ユアンは裸のまま、彼と一緒に扉の中へと足を踏み入れた。うっすらと立ちこめていた靄のようなものが、二人が入ると散っていく。

「あれだ」

バルドが低く呟いた。部屋の奥には台座がひとつだけあり、そこには一振りの槍が安置されていた。柄は長く、先端の部分に装飾が施されており、刃は鋭くきらめいていて美しかった。

これが、獣王の槍。

ユアンが見守る前で、バルドがその槍に手を伸ばす。彼が槍を握った瞬間、その全体が淡く発光した。やがてそれがおさまると、バルドはその槍を軽々と振り回してみせる。それは彼の手にしっくりと馴染んで、もうずっと前からバルドのものであったように見えた。

「手に入れたぞ。宝も、番も」

そう言って彼は、不敵に笑った。

「――お、お前達、いったい…⁉　落ちて死んだんじゃなかったのか⁉」

ロンディの驚いた顔は、ちょっと見ものだと思った。

秘宝の部屋の奥にはもうひとつ扉があり、そこを開けると、どういう原理なのか、入り口のすぐ側まで戻されたのだ。案の定ロンディ達は、最初にユアン達が行った財宝の部屋には入れなかったらしく、ひどく険悪な様子で戻ってきたところだった。

そして今度はユアン達がそこで待ち構え、彼らの行く手に立ち塞がる。

「お前らをブチ殺すために戻ってきたんだよ」

もう少し気の利いた煽りを言えないものかと、ユアンはバルドを見て思う。セックスの時は、あんなに言葉巧みにユアンを追いつめるくせに。

「ふん、さっきはどうやら麻酔の量が少なかったらしいな」

ロンディの合図で、弓を持った男がバルドに狙いをつける。だが、その刃の矢が放たれることはなかった。

思い切り槍を振りかぶったバルドの一撃で、男達はなぎ倒され、壁に激突して昏倒した。中には階段から落ちていったものもいた。

その力を目の当たりにし、ユアンは密かに戦慄する。これが、獣の王に伝わる宝。

ユアンは銃を抜くと、あたりの惨状に驚愕して壁に張り付いているロンディに銃口を向けた。バルドが財宝の部屋にあったアンゼライトのひとつを放る。石はロンディの足元に落ちた。

「……なんだこれは」

「アンゼライトだ。知っているだろう。そいつをくれてやる」

「なんだと⁉」

ロンディは石を拾い、目の上にかざして眺める。

「……こいつは本物か…？」

「心配だったら、町の宝石商にでも鑑定してもらうといい」

「その代わり、養成所のオメガ達を解放しろ。その石ひとつで、充分お釣りが出るはずだ」

ユアンの言葉に、ロンディはぎろりと目を光らせた。

「そんなことをしたら、娼館が立ちゆかなくなってしまうだろうが。ユアン、お前、本気でそんなことができると思っていたのか？」

希少で高価なアンゼライトを手にして気が大きくなったのか、ロンディはユアンに対して小馬鹿にするように揶揄した。

「お前だってわかっていたんだろうが。お前がいくら依頼をこなして金を入れようが、俺はオメガ達を解放する気なんかなかったぜ。お前達はいい金ヅルだったからなあ。発情期の時は歓んで脚を開くから、客も大喜びだ」

「――……」

この男に何を言われようが、もう傷つくことなどないと思っていた。けれど、これまで自分がやってきたことがすべて無駄だったのだとはっきりと証明されてしまうと、徒労感にも似た失望がじわじわと足元を這い上る。自分がこれまでがんばってきた数年間はいったいなんだったのだろうと。

――だが。

「うわっ！」

ロンディが立っていた場所を、ユアンの銃弾が抉る。床に細い亀裂が走った。

「――うるさい。そんなことわかっている」

薄々気づいていた。ただそれを、自分で確かめる勇気がなかっただけだ。もしも無駄だとわかったら、どうしたらいいのかわからなかったから。

だが今はもう違う。たとえ無駄だと知っても、ユアンは自分でそれに意味を与えることができる。

「これは取引じゃない。略奪だ。あんた達は長いこと俺達オメガから自由を奪ってきた。

今度は、俺があんたから奪ってやる」

ロンディは、一瞬ぽかんと口を開けた。目の前のオメガがどうしてそんなことを言うのか、意味がわからないようだった。

「な…何を言っているんだ、ユアン」

ロンディの足元の亀裂が、徐々に大きくなる。男の額に汗が浮かんだ。

「なあユアン、俺達今までうまくやってきたじゃないか。なあ、そんなこと言わず、これからもうまくやろうぜ」

「――――往生際の悪い奴だ」

バルドが舌打ちし、槍を握り直す。ユアンは静かにそれを制した。

「ありがとう。けど、自分でやるから」

「…そうか」

ユアンはもう一挺（ちょう）の銃を抜いた。両手で構え、ありったけの銃弾をロンディの足元に撃ち込む。

「やめろおおお」

床の亀裂がまるで蜘蛛の巣のように広がる。やがてそれはひとつ欠けふたつ欠け、ある時からいっせいにバラバラと砕け、足場のない地下の暗がりへと落ちていった。その中に、手をいっぱいにこちらに伸ばし、何かを叫びながら落ちていくロンディの姿があった。

「ユアン！」

街の大通りで、ユアンはギルドの受付の男に声をかけられた。

「よう、最近どうだ？」

「まあまあかな」

「お前も知ってるだろ。養成所が閉鎖されたって話」

「ああ」

「元締めのロンディが欲をかいて、西の山に傭兵を連れて登ったらしいな。失敗して山を流れる川の下流に流れ着いたって話だけど。なんでも何も思い出せなくなっちまったらしい」

「呪いでも受けたんじゃないのか？」

しれっとした顔で答えるユアンに、男は神妙に頷いてみせた。

「かもしれねえな。あそこは獣人どもの縄張りだろ？　そういや賞金首のバルドも、ロンディがあんな調子だから、ギルドも依頼を取り下げることにしたよ」

「へえ、そうなのか」

「お前も狙っていたのに、残念だったな。バルドの首」

ユアンは何も言わず、ただ男に微笑んでみせた。その表情を見て、男は少し息を呑む。

「ユアン、何かお前、ちょっと感じ変わったよな」

「そうか？」

「雰囲気が柔らかくなったっていうか…、前はちょっとピリピリしたところがあったからな。あっ、そう言えばお前、ちょっと依頼受けるペース落ちたよな。前は報酬の張る依頼なら何でもかんでも受けるってな勢いだったのによ」

「えらい言われようだな。俺だってそろそろハンターとしては中堅のキャリアだ。仕事を選んだっていいだろ？」

笑いながら答えるユアンを男はじっと見つめた。

「まあ、うまくやってんならよかったよ。これでもちっとは心配してたんだぜ」

「ああ、ありがとう」

「またギルドに顔出せよな！　仕事じゃなくても！」

ユアンは男と手を振り合って別れた。気のいい奴だ。また近いうちにギルドに行こうと思う。

だがとりあえず今日は、ユアンは街の出口へと歩いていく。人の通りがなくなったところで、樹の陰から巨大な黒い狼がのそりと姿を現すのが見えた。

「お待たせ、バルド」

「用は済んだのか」

「ああ、帰ろう」

黒い狼が身をかがめると、ユアンはひらりとその背に乗る。次の瞬間、狼は勢いよく地面を蹴ると疾走し、その姿は瞬く間に見えなくなった。


「おかえり、ユアン、バルド」

里に着くと、ちょうどその場にいたリンジーが二人を迎えてくれた。その手にはたくさんの果実がはいった大きな籠を持っている。

「街はどうだった？」

「相変わらずだよ。養成所が閉鎖された時は大騒ぎだったけど、もうそんなに話題にしている奴はいないかな」

ユアンが拠点を街から獣人の里に移してから四ヶ月が経とうとしていた。ロンディが使い物にならなくなったので養成所は閉鎖され、そこにいたオメガは全員この里に移住してきている。今は獣人達の手伝いをしながら、皆のんびりと暮らしている。中には里にいる獣人と、さっそく番になったものも何人かいた。

「そうなんだ」

ユアンの言葉に、リンジーは少しだけ寂しそうに笑う。

気持ちはわかるのだ。あそこで命を落とした者もいるし、望ましくない人間に身請けされていった者も何人かいる。あの場所はユアン達オメガにとって、よくも悪くも強烈な記憶を刻まれたところだ。けれど当たり前のことだが、それ以外の人間にとってはなんということのない、ただの風俗施設のひとつに過ぎなかったのだろう。

「けど、これでよかったんだよ」

「そうだね」

すると、頷くリンジーが持っていた籠を、ひょいと取り上げる者がいた。

「重いだろう」

「ラルフ」

赤毛の短い髪の獣人はラルフといって、つい最近リンジーと番になったばかりだった。

「ありがとう、ラルフ」

「ミミ達が待っているぞ」

「うん、行こうか。…じゃあ、また後で、ユアン、バルド」

リンジーが手を振り、ラルフは軽くバルドに向かって頭を下げ、仲睦(なかむつ)まじい様子で奥に歩いていく。その後ろ姿を眺めて、ユアンはぽつりと言った。

「ここにいるオメガ達だけでも、あそこから助けてやれてよかった」

世界にいるオメガは彼らだけではない。ユアンはそのすべてを助けてやることはできないし、そんなことは傲慢だと思う。ただ自分は彼らとの約束を守りたかっただけで、今はそれだけでいい。

「お前はよくやった。友のために尽くすお前のことを、俺は尊敬するよ」

人の姿に戻ったバルドの、大きな手で髪を撫でられる。面と向かって褒められると、なんだかとてもいたたまれない思いだった。顔が熱くなって、俯いてしまう。

「なんだ、照れてるのか？　可愛いな」

「う…るさい」

ユアンは彼の手をとって、頭から外そうとする途中でその動きを止めた。自分の中での意地のようなものが胸の中から失せて、今なら言える、と思う。

「バルド」

「うん？」

「今夜、噛んで欲しい」

そう言うと、バルドはじっとユアンを見た。

「いいのか？」

「うん」

養成所からオメガ達を解放し、彼らが健やかに暮らす姿を見るまでは、と、ユアンはバルドの気持ちを受け入れはしても、番になることは待ってもらっていた。それがいつになるのかは自分でもわからないでいたが、その時が来たんだなと、自然にわかった。

バルドはそんなユアンのわがままをきいてくれて、それ以来何も言わずに待っていてくれていた。これ以上待たせるのは、彼に対しても不誠実になるだろう。

「俺の番になるってことだぞ。そうしたら、俺はもうお前を一生離さない」

「生きてる間だけ？　死んでも離さないとか、そういうロマンチックなことは言えないのかよ」

ユアンが軽口を叩くと、いきなり腕を強く引き寄せられる。バルドの腕の中は、絶対に逃げられない、心地のいい檻の中のようだ。

「未来永劫、お前を俺のものにする」

強い視線がユアンを射貫く。そんなふうに見つめられて、身体の芯が疼きそうだった。まだ陽も高いというのに。

「……うん。ずっとずっと、バルドのものにして」

頭の中がぼうっとなって、熱い息と共にそんな言葉を言うと、彼は急にユアンの手を握り、早足に歩き始めた。

「寝所に行くぞ」

「え、え？　今から…？　俺、夜って…！」

「そんな可愛いことを言われて、夜まで待っていられるか」

嘘だろ。夜までに心の準備をするつもりだったのに。

そんなユアンの気持ちをよそに、もう待てない、というオーラを前面に押し出したバルドは、ユアンを連れて、王宮の奥へと今にも走り出さんばかりに進んでいった。途中で会った側仕えの者達に、バルドは張りのある声で言い放つ。

「これから番の儀式をする！　呼ぶまで来るなよ！」

「承知しました。ごゆっくり」

「バッ…、バルド！」

側仕えは、ようやっとか、という喜ばしい表情で、寝所に入る二人を見守っていた。

ユアンは抗議をする暇も与えられずに、ベッドの上に放り投げられる。そのすぐ後を追って、バルドが覆い被さってきた。

「…っほんとに、強引すぎる…！」

「煽ったのはお前だ」

「んう…！」

唇を塞がれ、強引に歯列を割られた。肉厚の舌が這入ってきて、ユアンの舌を搦め捕る。

じゅうっ、と吸われると、腰から背中へ、ぞくぞくっ、と官能の波が走った。

「ん、ん、ん…っ」

舌先で顎の裏を舐められると、びくっ、と腰が震える。腹が立つほどに巧みな口づけに、ユアンの全身からみるみる力が抜けていった。バルドとキスをすると、どんなに感情が荒れていても、すぐに頭がぼうっとなってしまう。ユアンの瞳にとろりと膜がかかり、うっとりとバルドを見上げた。

「いやらしい顔してるぞ」

「……バルドがやらしいキスするからだろ…」

「ふふ、そうかもな」

彼はユアンの耳元や首筋に音を立てて口づけながら、腰回りの装備を外していく。ゴトン、と重い音を立てて銃やナイフをおさめているベルトが床に落ちていった。それが外れると、無防備な身体がバルドの前に晒される。残った衣服をいとも簡単に脱がされ、彼もまたユアンの前で勢いよく着衣を脱ぎ捨てる。まるで彫像のように逞しい肉体を、ユアンは惚れ惚れ(ほれぼれ)と眺める。本性の狼の姿もそれは強く美しいが、自分が人間だけあって、人の身体はより魅力的に見えるものだ。今からこの身体に抱かれるのだと思うとぞくぞくしてしまって、思わず堪えるように指を噛む。

「ユアン、噛む前にしたいことがあるんだが、いいか…？」

「……っ、な、なに…？」

身体中を這う手に小さく喘がされながら、男に問い返した。なんだか少し嫌な予感がするのだが、気のせいだろうか。

「お前のここを虐めたい」

「んっ」

耳元で囁きながら、バルドが指先でとんとんと叩いたのは、ユアンの先端の小さな孔だった。

「そ、そこは…っ、バルド、お前、まだ…っ」

「当然だろ。覚えているからな」

宝を探しに西の遺跡に行った時、ユアンは触手のトラップにひっかかり、精路の中を責められた。バルドは、自分はまだここを弄っていないといい、いつか責めさせるとユアンに約束をさせたのだった。

「で、でも…っ、あ…っ」

「いいだろう？　絶対に痛い思いはさせない。気持ちよくしてやる」

くにくにとそこを弄られ、快感が込み上げてくる中でユアンは迷った。あの時の強烈な快楽を思い出すと、震えそうになる。過ぎた愉悦は、逆に苦悶をもたらすものだ。

（……でも、バルドなら）

この男にここを責められたら、どんな歓びが待ち受けているだろう。

きっともの凄くいやらしくて、気持ちいい。

ユアンの背筋に、甘い戦慄が走った。

「…ぜ、絶対に痛くするなよ……？」

それ以上は抗いきれず、ユアンは結局了承する。

「ああ、もちろん」

こめかみに唇を落とされた。彼がユアンに向ける仕草は、基本的に優しい。それがわかっているから、身を委ねることができる。番になってもいいと思える男だから。

ちょっと待っていろ、と言って、バルドはベッドの脇から何かを取り出した。細くて、表面が微妙に波打っている棒と、コルクで蓋をされた細長い硝子瓶だった。中には線香のようなものが数本入っている。そして、ベッドの上に投げ出された、縄。それを見てユアンはぎょっとする。

「し、縛るのか…？」

「暴れたら危ないだろう。絶対に怪我させたくないしな」

そう思ってくれるのは嬉しいが、なんだか誘導されているようにも感じられた。

「それにお前も縛られると興奮するだろ？」

「しない！」

「ああ、わかったわかった。ほら、後ろを向け。腕は背中に…」

うまいことあやされて、渋々言われた通りにすると、腕と胴に縄をかけられる。その瞬間、胸がどきどきし始めた。何度か縄を巻きつけられ、最後にぎゅっ、と締められると、身体がびりびりと痺れる。

「んあっ！」

まるで強く抱き締められてでもいるようだ。全身がかあっと熱くなって、肌にしっとりと汗が滲み出る。まだ、何もされていないのに。

「……興奮してるのか？」

「ちが…」

「構わない。いい子だ」

後ろ手に縛られて、横たえられる。男娼時代にも縛られたことはあったし、もっとえげつないプレイをされたこともあった。けれど、今のとは全然違う。

次にバルドはユアンの脚を捕らえ、膝頭を縛った。

「そ、そっちも…？」

「ああ。もちろん」

当然のように縄をかけてくるバルドに、ユアンは激しく惑乱する。やがて両脚を開脚したまま、閉じられないような姿にされてしまうと、堪えきれない羞恥が襲ってきた。

「こ、こんなのは…っ」

「可愛い格好だ、ユアン。すごく興奮する」

「い、やだ、見るな…っ」

「勃ってるぞ」

剝き出しにされ、露わになって脚の間でそそり立つものを、優しく握られる。

「んあ…っ」

「一度出させてやろうな」

そう言ったバルドが、ユアンの股間に顔を埋めてきた。屹立が熱く濡れたもので包まれ、じゅるっ、と吸われる。

「んあぁああっ」

いきなり強烈な快感に貫かれて、ユアンの背が勢いよく反った。裏筋をねっとりと舐め上げられると、つま先から甘い痺れが走る。

「は、あ、んんぅう…っ」

ユアンは喜悦の表情を浮かべて喘いだ。バルドの舌はユアンがどう舐められるのが好きなのかちゃんと知っていて、弱い場所を的確に責めてくる。

「あ、あ、気持ちい…っ、あんっうっ、そ、んな、吸われた…らっ」

強く弱く吸引され、身体の芯が引き抜かれそうな快感に翻弄された。バルドの指先は脚の付け根や内腿をくすぐるように動き回る。感じて身悶える度に縛られた縄がぎしぎしと軋んで、異様な興奮をもたらした。

「あ…っ、イく、も、もう、イく…っ！」

縛られた膝頭がぶるぶると震える。覚えのある、せりあがってくる波に、ユアンはかぶりを振りながら呑み込まれた。ぐっ、と腰が浮く。

「ふあ、あ、あぁぁあっ、んぅぅう――…っ」

がくがくと両脚が震えて、ユアンは背中を仰け反らせてバルドの口の中に白蜜を吐き出した。一滴も残すまいとして吸い出す動きに、ひいひいと啜り泣く。

「たくさん出したな」

身体中がじんじんして、何も言えない。重くなった瞼を薄く開けると、バルドが先ほどの硝子瓶から、細長いものを何本か取り出す。線香のようなものは、よく見たら蠟燭のようにも見えた。

「そ、れは…っ？」

「これか？　これはな、ここに挿れるんだよ」

そう言ってバルドは、その細く短い棒をユアンの蜜口に挿入する。

「くひぃいっ」

難なく這入っていったそれは、ユアンの体温でじわりと熔けていった。隘路がじくじくと疼き、切ない感覚が腰の奥を突く。

「これはな、気持ちよくなる薬だ」

「あっ、あっ、そんなにっ……！」

バルドはその媚薬(びやく)を二本、三本と続けて挿入していく。それはたちまち体温で熔け、ユアンの肉体を中から炙(あぶ)った。

「は、ひぃっ…、いっ」

「どうだ？　これだけでもけっこう気持ちいいだろう？　けどな、この後にこいつで中を擦られたら、よすぎて飛んじまうかもしれないぜ」

「あっ、やっ、あっ、あんんんっ」

媚薬を馴染ませるように根元から扱き上げられて、悲鳴のような嬌声が漏れる。反った喉がひくひくと震えた。

「じゃあ今から可愛がってやるからな。うんと泣いていいぜ」

「あっだめっ！　それは、挿入(い)れたら、あ、ア、あ――――…っ」

淫具の先端がつぷりと蜜口に呑み込まれる。それは媚薬のせいで、バルドがほんの少し押しただけで、じゅぷじゅぷと中に這入っていった。

「……っ、……っ！」

全身にびりびりと雷が走る。腰の奥から快感で殴られるような衝撃が走り、ぶわっ、と

汗の玉が肌に浮いた。

「ひ……、い…っ」

遺跡で触手に嬲られたことなど、比べ物にならない。バルドが懇切丁寧にユアンの身体に下準備を施したおかげで、脳が沸騰するほどの快楽に苛まれた。

「だいぶ這入ったな。そら、もっといくぞ」

屹立から突き出た淫具の先端を、小刻みに叩かれる。

「あぁぁあっ、這入って、くるぅう…っ、とける、腰、熔けちゃ…っ」

「痛くないか？　どんな感じだ？」

「きもちぃっ、気持ちぃいぃ…っ」

啜り泣くユアンの頬を伝う涙を、バルドは優しく舐め取った。動かされなくとも、そこに淫具が這入っているだけで震えが止まらない。

「もう少し入れるからな」

「やあっだめっ、これ以上、いれたらっ、ひっ、ひうぅう…っ」

ずぶり、と淫具が沈んで、たまらずに淫らな悲鳴が上がる。けれど本当に耐えられない快感は、その先にあった。

「――――～～っ！」

身体が弓なりに反り返る。緊縛している縄がぎしっ、と音を立てた。

「…やっぱり、縛っておいて正解だったな」

「んあア、あ、あぁ――――…、～～っ！」

それまでよりも一際大きな愉悦が襲ってくる。こんな快感、少しも耐えられなかった。

緊縛された身体を捩ろうとするも、ほんの少ししか動かない。

「ここがたまんねえだろう？」

「あんっ、あっ、こ、れ、すごっ…、あっ、イってるっ、イくぅぅっ…！」

絶頂が後から後から押し寄せてきて、身体が爆発しそうだった。口の端から唾液が零れて伝う。濡れた唇から、震える舌先が覗いていた。腰の奥で何度も快感が爆発して、その度に死にそうになる。

「ひっ、あぁ――――っ、ああっ！」

「俺の手で感じすぎて泣くお前を見ていると、どうにかなりそうに興奮するよ」

淫具の先端を指先でピン、と弾かれて、体内にずくん、と衝撃が走った。内腿が何度も痙攣する。

「あ、あ――――…、あん、ぅああ…っ」

少しずつ、体内で渦を巻く激しい快楽が、甘くうねってきた。強すぎる刺激に泣き喚くようだった声が、恍惚となっていく。

「は、あ……、んん、バル、ド…っ」

ユアンは潤んだ瞳でひた、とバルドを見つめた。

「気持ちぃぃ…っ、でも、つらい…っ、おく、この、奥に…、欲し…っ」

両の膝を上げ、最奥を見せつける。そこはひっきりなしに収縮を繰り返し、男を誘っていた。

「ね、はやく…っ、はやく、挿れ…っ」

もうわけがわからない。ただこの男の熱が欲しい。その硬くて逞しいもので貫かれて、正気を失うほどにかき回されたい。

ユアンが必死で誘うと、バルドの琥珀色の瞳が動揺するように揺れ、息を呑む気配が伝わってきた。

「……お前には勝てないな」

後孔にバルドの凶器の先端が当たる。挿入の予感に、全身が総毛立った。

「んぁあぁぁああ」

肉環をこじ開けられ、ずぶずぶと音を立てながら太いものが這入ってくる。頭の中でいくつもの白い光が弾け、ユアンはそれだけで何度か絶頂に達した。宙に投げ出された足の指先が、快楽のあまり開ききる。

「俺はお前の誘惑に勝てた試しがない…っ」

バルドが息をつめながら、ユアンの精路を塞ぐ淫具をそっと抜きにかかった。静かに抜かれていったが、ずずず、と出ていく感覚に、背中がまたぞくぞくと震えてしまう。

「あ、あ、あっ」

淫具が抜けてしまうと、とろりとした白蜜が一筋、幹を伝い落ちていった。

「あう、あ…っ、出せな…っ」

「今、出させてやる」

バルドのものが入り口近くまで抜かれたかと思うと、次にはまた根元まで沈められる。その途端、ユアンの全身ががくがくと痙攣して、互いの腹で擦られているものから白蜜が勢いよく迸った。

「あ、あ、ふあああぁあ……っ、～～～っ」

射精の快感に目が眩む。身体がどこかに放り出されてしまったみたいだった。淫具を挿入されていたために吐精ができなかった分が溜まり、ユアンは二度、三度と噴き上げる。

「くああ、ああ、はあぁうっ」

下腹を震わせながら射精したものが、胸や顔にまで飛び散っていた。口の端にまで飛んだ白蜜を、舌先でゆっくりと舐め取った。

「は、あ…っ、きもち、いい…っ」

淫蕩な表情を浮かべるユアンの唇にバルドが自分のそれを重ねる。ねっとりと舌を絡め合った後、彼はユアンの背中を抱き起こし、後ろで拘束されている腕の縄を解いた。

「あ、うっ…」

膝を縛る縄も解かれ、ようやく自由になった腕は力が入らなかったが、ユアンはバルドの首にそれを回す。抱き返され、深く浅く、抽挿が開始された。

「あ、あ、んんぁあ…っ、い、いい…っ」

「ユアン…、俺が好きか…?」

「あっ好き…っ、すき…ぃっ、バルド…っ」

「俺もだユアン、愛してる」

そんなふうに囁かれて、身体中が切なく疼く。感じる肉洞を余すところなく擦り上げられて、さっきまで責め立てられていた蜜口から愛液がとろとろとあふれた。

「結婚しよう。俺の子を孕んでくれ」

「ん…っ、う、う…ん、でも…っ」

「でも?」

バルドに求められるのは嬉しい。けれど。

「俺、身体売ってたし……。逆に男も買った」

自分が望んだことではなかったが、男娼として身を売っていたのは事実だ。それに、ヒートの時期には、金で男を買ったこともある。獣人王の伴侶としては、あまりふさわしくないのではと、本当は今でも思っていた。

「でも、今は俺だけのものだろう」

「……ああっ」

奥にいるバルドのものが緩やかに動いて、蕩けるような快感をもたらす。

「お前の過去に嫉妬はするが、それもきりがない。それならどうして、あの時、幼いお前をすぐに身請けしなかったのかって話だ」

「…そ、れは…っ、だって…」

「確かに、俺にも色々事情はあった。だが、それも今となっては、どうにかなったんじゃないかと思うと…な」

バルドは苦く笑いながら、ユアンの耳や首筋にキスをした。

あの時は確か、彼は王になったばかりだったと思う。そしてちょうど一部の人間達とゴタゴタしていた時期で、その結果、彼は首に賞金をかけられることになった。そんな中で人間を伴侶とするのは、難しかったのではと思う。

「俺に力が足りなかったせいでつらい思いをさせて、すまなかった」

「…っ、バルド…っ」

そんなふうに謝ってくる彼に対し、たまらない気持ちでいっぱいになった。

「いいんだ、お前に会えたから」

彼の存在があったから、ユアンは孤独に耐えられた。本当は自分はそれほど強い人間ではない。いつもたくさん傷ついて、たくさん我慢してきた。

「今度こそ、お前を俺だけのものにする」

「ん…っ」

緩やかになっていた抽挿が、再び大胆になっていく。奥をこじ開けられ、弱い場所をごりごりと抉られると、ユアンは泣きながらバルドにしがみついた。

「ま…また、イくの止まらない…っ」

「いいんだ。好きなだけイけ」

バルドがうなじを吸い上げ、犬歯を立てて、ユアンの首に強く嚙みつく。

「――――っ！」

痛いというよりは熱く、甘く痺れる感じさえした。全身の細胞が急速に新しく書き換わっていくような感覚に呑まれ、それから強烈な絶頂に包まれる。

「ああっ、くぁあああぁっ」

「っ、ぐ…っ」

ユアンのうなじに歯を立てたまま、バルドが低く呻いた。次の瞬間、肉洞の中に熱い飛沫を叩きつけられる。

身も心も彼のものになったのだという思いが、途方もない多幸感を連れてきた。

「あ、ふ…っ」

「ふう…っ」

バルドもまた、荒い息をつきながらユアンの上に折り重なってくる。

重いな、と感じながらも、触れ合う肌の心地よさに、まあいいか、と思った。


「痛むか？」

「少しヒリヒリするだけだよ」

バルドが、自分の噛んだ場所にそっと指で触れてきた。薄く血の滲んでいる場所に触れられて、ユアンはそっと肩を竦める。

「これで、バルドの番になれた？」

「ああ。俺の番だ」

ということは、ヒートが軽減され、ユアン自身のフェロモンもバルドにしか効かなくなる。むやみやたらと他のアルファを刺激しなくて済むし、オメガとしては生きるのがだいぶ楽になるはずだ。

だがそんなことよりも、ユアンとしては、この先、共に生きていく存在ができた、というのが何より嬉しかった。

「……一緒なんだ、これから……」

激しい情事の後の気怠い身体を、バルドの熱い身体にくっつける。彼は片腕を枕にしながら、おかしそうに笑ってみせた。

「なんだか信じられないって顔だな」

「そりゃあそうだろ。お前がこんなに本気だったなんて、思わなかったからな」

「そいつはひどいな」

それでも彼は、さほど気分を害してはいないようだった。

「ま、俺のねばり勝ちってとこだ。勝負に勝って、いい気分だ」

そう言うと彼は、起き上がり、ユアンを再び組み伏せてくる。

「お前が好きだ、ユアン」

「バルド……、俺も。俺も好き」

手を伸ばし、バルドの頬に手を添えて、彼の口づけを受け入れた。何度も唇を合わせ、その熱さを分け合う。

「オメガに生まれてよかった」

彼とこうして一緒になることができたから。そう言うと、バルドは何かおかしいのか、声を上げて笑いながら返すのだ。

「俺はお前がたとえベータでもアルファでもモノにしてたと思うけどな」

だが、ユアンがオメガでなければ、養成所には売られなかったのではないだろうか。

そんなふうに思うのだが、バルドがあんまり楽しそうなので、それは突っ込まないでおいてやることにした。

時が巡って、また同じ季節がやってくる。

少し風の強くなった丘の上で、ユアンは上を向いて空を眺めていた。雲の流れるのが速い。空の上のほうは、風がもっと強いのだろう。

「ユアン」

少しすると、バルドがやってきた。彼はユアンの隣に腰を降ろす。

「どうした、こんなところで」

「今日、街の病院に行ってきたんだ」

そう告げると、バルドの表情が曇った。

「どこか悪いのか」

「違うって。そんなんじゃない」

ユアンは笑って首を振る。それでも、内心では少しどきどきしていた。果たして彼は喜んでくれるだろうか。

「子供が、できたみたいなんだ」

その時のバルドの顔は、今まで見たことがないようなものだった。あんぐりと口を開けたと思うと、ガバッとユアンの腹に耳を当ててくる。

「まだ聞こえないよ！」

「構わん。…ここに、いるんだな、俺達の子が」

「…うん」

彼はユアンの腹に顔を埋めたまま、愛おしげに手でそこを撫でた。それからおもむろに起き上がり、ユアンの肩を抱き寄せる。

「よかった。…ありがとう」

「喜んでくれる？」

「当たり前だ。どうしてそんなことを言う」

「どうしてかな…、これまでだって幸せなのに、時々こわくなるんだ。いつか、この幸せのツケが来るんじゃないかって」

あんまり幸福が続くと、そのうち悪いことが起こるような気がする。それは誰にでもある心配だと思っていたのに、バルドは笑い飛ばした。

「お前に限ってそれはありえない。もちろん俺にもな」

「どうして」

「お前が俺の、番だから」

彼がそう言った時、ユアンは思わず吹き出してしまう。

「なんだそれ、全然根拠ない」

「いいさ、笑ってろ。子供のためにも、そのほうがいい」

――優しい男だ。

改めてユアンはそう思う。そして彼の言う通り、自分はきっといつまでも幸せなのだろう。

そう信じている。

ふわりと風が舞い、ピンク色の花の花弁を舞い散らせる。

そしてユアンの髪に、同じ色の花びらが絡みつくのだった。

あとがき

花丸文庫BLACKさんではものすごくお久しぶりです！　西野花です！

今回は、「運命淫戯～ピンクのオメガと獣人王～」を読んでいただき、ありがとうございました。

一番最初に決まっていたのはオメガバースということと、受けの髪がピンク、ということでした。男女問わずピンクの髪が大好きで、一番好きな受けの髪色は黒髪なんですが、その次の次くらいにピンクの髪が好きです。あとは銀髪なんかもいいですね。金髪は攻めのほうがいいかな。今回の攻めのバルドは黒髪ですが、割と私の中ではめずらしいほうだったりします。

内容のほうも私の好きなもの全開という感じなのですが、ハンターとかギルドとかゲームっぽい世界観なんですけど、ゲームをやらない担当さんには摑みづらい世界観だったらしく、いくつか質問もされました。

「これが好きな人の中ではお約束になっているもの」は、そうでない人にはともすれば理解できないわけで、ちゃんとわかるように書けていればいいな、と思います。

そして美しいイラストをつけて下さった駒城ミチヲ先生、どうもありがとうございました。進行がぎりぎりだったためにご迷惑をおかけしたと思います。それなのに、美しいユアンとイケメンすぎるバルドをほんとう――――に、ありがとうございます！　カバーイラストが上がってきた時、素敵すぎて「わあ」と思わず声が出てしまいました。装備とか服装とかを指定するのに図解させていただいたんですが、字書きの私が絵描きの先生宛に絵を描いて見せるのって何かの罰ゲームじゃないかな……、え、大丈夫？　みたいな感じだったのですが、駒城先生の手によって見事にブラッシュアップされました。

そして担当さんも根気よく面倒を見て下さり、ありがとうございます…！　白泉社さんには足を向けて寝られません…！　次があれば、今度はもう少しまな進行にしたいと思っております。

そして平成も終わり、今年から新しい年号になりますね。昭和から平成になる時は、なんだかリアルに時代が終わり動いていく感があったのですが、今度はどんな感じかなあと思っております。私もまだありがたくも忙しくさせていただいておりますが、ただ締め切りに忙殺されるだけではなくて、毎日をちゃんと生きたい…なんてたまには真面目なことを考えますが、根が不真面目なのできっとなんとなく過ごしてしまうでしょう。ただ予定だけは予定通りに進めたい。切に。

去年は割といろいろ近場を含め旅行に行きましたが（帰った途端にインフルエンザになったりもして）今年も時々はどこかに出かけたいです。普段は机の前から動かない生活ですからね。仕事のほうももちろんがんばります。私はけっこう好きなように書かせていただけているんですが、また好きなものを楽しく書いていきたいです。

それでは、またどこかでお会いしましょう。

西野　花

【TwitterAccount】@hana_nishino

作家・イラストレーターの先生方へのファンレター・感想・ご意見などは
〒101-0063東京都千代田区神田淡路町2-2-2
白泉社花丸編集部気付でお送り下さい。
編集部へのご意見・ご希望などもお待ちしております。
白泉社のホームページはhttp://www.hakusensha.co.jpです。

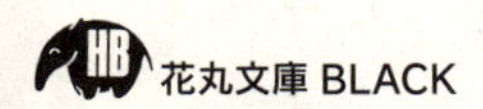

運命淫戯 ～ピンクのオメガと獣人王～

2019年1月25日　初版発行

著　者　西野 花 ©Hana Nishino 2019

発行人　高木靖文

発行所　株式会社白泉社
〒101-0063 東京都千代田区神田淡路町2-2-2
電話 03(3526)8070[編集部]
03(3526)8010[販売部]
03(3526)8156[読者係]

印刷・製本　図書印刷株式会社
Printed in Japan　HAKUSENSHA
ISBN978-4-592-85138-7

定価はカバーに表示してあります。

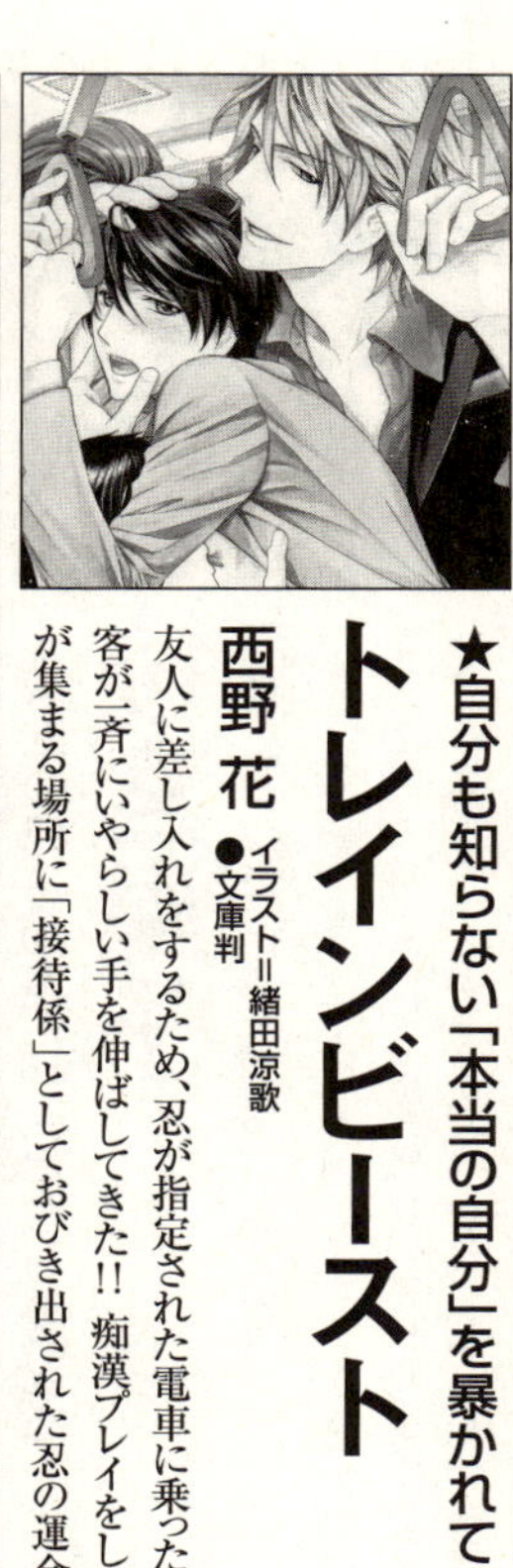

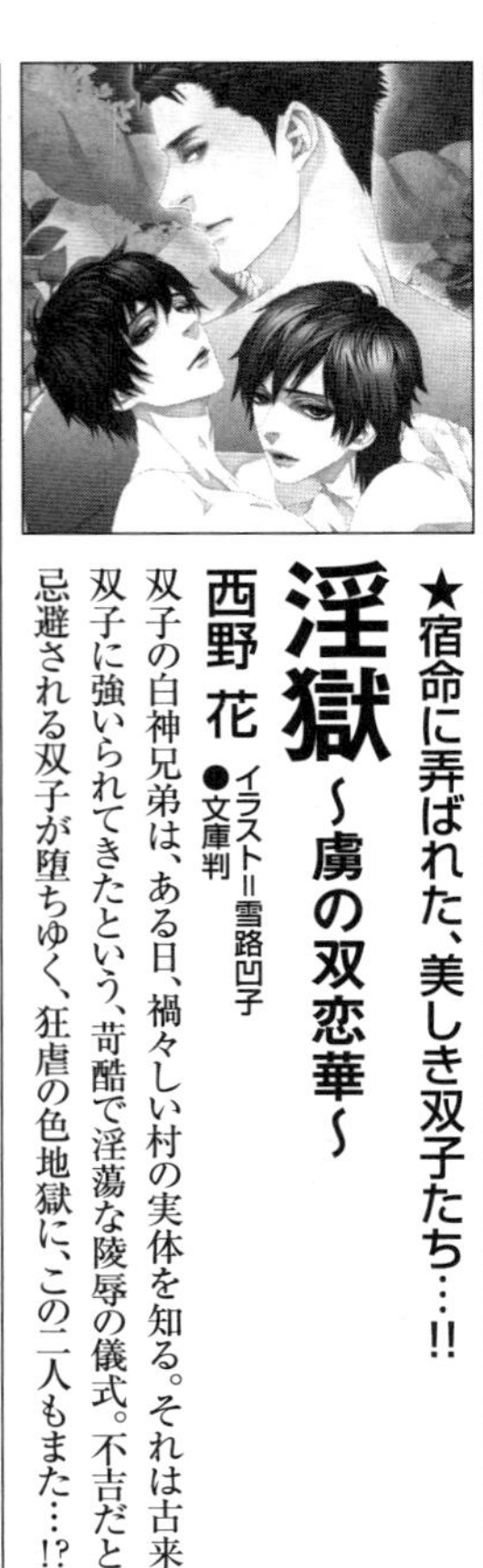